DOUBT　東京駅おもてうら交番・堀北恵平

内藤 了

角川ホラー文庫
22609

目次

【主な登場人物】

堀北恵平《ほりきたけっぺい》　警察学校にて初任補修科課程研修中の『警察官の卵』。長野出身。

平野腎臓《ひらのじんぞう》　丸《まる》の内西《うちにし》署組織犯罪対策課の駆け出し刑事。

桃田《ももた》　亘《わたる》　丸の内西署の鑑識官。愛称〝ピーチ〟。

ペイさん　東京駅丸の内北口そばで七十年近く靴磨きを続ける職人。

メリーさん　東京駅を寝床にするおばあさんホームレス。

徳兵衛《とくべえ》さん　腕利き板金工のおじいさんホームレス。

柏村敏夫《かしむらとしお》　『東京駅うら交番』のお巡りさん。

永田哲夫《ながたてつお》　柏村の後輩だった刑事。

――私は気が狂いそうです。浴びるほど酒を呑《の》みました。
何度死のうと思ったかしれません。でも死ねない、許して下さい。
もう一度、私を救って下さい。
『元報道記者が見た昭和事件史』第6章・最暗黒の事件　石川　清――

プロローグ

チラチラと闇の向こうで明かりが動く。懐中電灯のようである。それが次第に近づいているようで、永田《ながた》哲夫《てつお》は焦っていた。

中野《なかの》駅周辺はずいぶん開発が進んだが、繁華街を外れてしまえば闇が濃く、藪《やぶ》に紛れた永田の姿は容易に見えない。目の前には男が一人転がっている。口角から泡を吹き、顔が浮腫《むく》んで、首にベルトが巻き付いたままだ。流れる雲は月を隠して、どこからか堆肥《たいひ》の臭いが漂っている。無我夢中で絞めたあまりにベルトが手に食い込んで、永田は指の感覚がない。男の身体はまだ温かかったが、尿でズボンを汚しているからすでに絶命したのだろう。その脇で、永田は腰を抜かしていた。

はぁーぁ……ひぃーぃ……。フイゴのように奇妙な音が永田の喉《のど》から漏れ出している。びっしょりと汗をかき、心臓は早鐘のごとく打ち、経験がないほどの速度で頭の中が回転している。男の身体をまさぐっても握っていたはずの凶器はなくて、ポケットから出たのはちり紙と手ぬぐいだけだった。ロープもなければ匕首《あいくち》もない。なにひとつ凶器は持っていない。

「嘘だ」

そんなはずはない。と、永田は呻《うめ》く。こいつは俺を襲おうとした。後ろから襲いかかって殺そうとした。それは確かだ、間違いない。

風が吹き、公園の樹木がサラサラ鳴って、月を覆い隠していた雲が動いた。死んだ男を月光が照らして、まだ若い青年だと教えてくれた。両目は驚きに見開かれ、鼻血を流し、口を半開きにして絶命している。永田は感覚のない手のひらで自分の顔をつるりと拭《ぬぐ》った。汗は嫌な臭いがし、それが死体の糞尿《ふんにょう》と混じり合い、次第に冷えていく身体が異質なものの気配を纏《まと》いはじめている。

「嘘だ……そんなはずはない」

永田は地面に這《は》いつくばって狂ったように凶器を探したが、そんなものはどこにもなかった。遠くで懐中電灯の光がチラつく。あれは行方不明の女生徒を捜す捜索隊だ。やがてここへもやってくる。

そうなれば自分とこいつが見つかって……俺はなんだ？　刑事だぞ。

永田は死体に覆い被《かぶ》さり、首に食い込んでいるベルトを外した。死体の両手を胸に引き寄せて、一纏《ひとまと》めにしてベルトで縛ると、抱き起こして、輪にした死体の腕に自分の首を通した。そのまま背負って立ち上がる。ダラリと重い死体でも、こうすることで容易に運べる。脇で死体の両膝《りょうひざ》を抱え、懐中電灯を口に咥《くわ》えて地面を照らし、遺留物を確認した。もみ合ったときに草が倒れて、そこが跡になっている。永田は死体を背負ったまま、草を蹴《け》り上げて痕跡《こんせき》を消した。なに、ここは公園だ。暗がりで男女がむつみ合った跡だとしても話は通じる。そう自分に言い聞かせながら天を仰ぐと、夜空に白い半月が、嗤《わら》ったように見下ろしていた。

まだぬくもりのある男を背負って、永田は暗闇のほうへ歩き始める。

公園は住宅地の外れにあって、周囲には荒れ地や畑が広がっている。永田は定時制高校帰りの女生徒が行方不明になっているという一報で捜索に駆り出され、暴漢が女を連れこみそうな場所を推理して公園へ来た。暗闇のなか、つけてくる不審な足音を聞き、やがて背後に人の気配を感じて腰のベルトを引き抜くと、両手に握って身を隠し、タイミングを図った。案の定、人影が薮を掻《か》き分けて永田の前に現れたとき、奇襲をかけてもみ合いになり、ベルトで首を絞め上げた。敵が戦意を喪失し、動かなくなるまで絞め続けたのだった。

それが捜索の応援に駆けつけた非番の警察官だったということを、永田は知らない。

いま永田の頭に渦巻いているのは、どうやら自分は間違ってしまったらしいということと、どうすればすべてをなかったことにできるだろうかということだった。

永田は経験の浅い刑事である。手柄で功名を立てたいと気が急《せ》いていたとき、一報を受けて駆けつけた殺人現場で、金魚鉢にホルマリン漬けにされた少年の頭部を発見し、その衝撃がトラウマとなって精神を病んでいた。犯人が、隠すためではなく保存するためにそれをしたと知ったらなおさらだった。常軌を逸した行為を目の当たりにし、理解できない思考に恐怖を感じて毎晩悪夢に悩まされ、集中力を欠いて仕事に支障が出るようになった。そんな自分は許せない。恐怖を覚えるのは殺人者の心理を知らないからだと自分を叱咤《しった》し、過去の凶悪事件を調べ始めた。だが、人が人にする残忍な行いや、耳を疑う鬼畜の所業は、知れば知るほど精神を削られ心を蝕《むしば》まれるばかりであった。

理解などできるはずがない。奴らは自分と違うのだ。

それが永田の下した結論だった。

死体を背負った永田の影を月明かりが地面に押していく。背中が丸く、巨大になって、細長い手足が突き出す様は、妖怪《ようかい》さながらの奇怪さだ。風はぬるく、草木が揺れて、夜汽車の音が遠くに聞こえる。永田は必死に考える。

どうしよう。どうすればこの過ちを消せるのか。

死体の股間《こかん》が背中に擦《こす》れ、そこから尿が染み出してくる。その不快さに、永田は突然閃《ひらめ》きを得た。死体なんか消してしまえばいいのだと。

闇のなか、新興住宅地の灯《ひ》がまばらに揺れるも、その他の場所は真っ黒だ。華やかな街の明かりはずいぶん遠く、電柱に下がった街灯が闇を丸く切り抜いている。人影はなく、車も通らず、荒れ地と見紛《みまが》う畑のなかに作業小屋の影が立つ。

永田はそこを目指して進んだ。

錆《さ》びた出刃包丁、藁《わら》に縄、干し草などを切る押し切り、木槌《きづち》にカマに鋤《すき》に鍬《くわ》、大きな肥料の空き袋や筵《むしろ》など、作業小屋の農具を懐中電灯で照らして、永田は使えそうなものを物色した。落ち着け。落ち着いてよく考えるんだ。俺には将来がある。そして俺は頭がいい。考えろ。考えるんだ。

作業小屋の地面を掘って死体を埋めてしまえばいいか。けれど地面は三和土《たたき》のようで、掘り返せば跡が残って気付かれてしまうだろう。いっそ畑に埋めればどうか。それも確実な方法とは言えない。

――首と手足をバラバラに。胴体は三つ切りに――

頭の中で声がする。少年をホルマリン漬けにした男の声だ。永田が蔑《さげす》んだ殺人犯。気味の悪い男の声である。

「くそ！」

永田は頭を抱えた。なんで、どうして、こんなことになったんだ。そして、

「落ち着け」

と、自分を叱った。夜明けまでには終えねばならない。終わらせて署に出勤しなければ。周囲に気取《けど》られないように、昨日と同じでいなければ。皮肉を言い、冗談に笑い、メシを喰《く》い、仕事をするのだ、普通の顔で。それがお前にできるのか。

「できる」

と、永田は自分に言った。自分がどれほど冷静で、どれほど頭が回るか考えた。小屋に置かれた物の配置を覚え、長年使われていない農機具を手前に引き出して空間を作った。地面に血が染みても目につきにくい場所である。次には死体を裸に剝《む》いて、肥料の空き袋を裂いて広げた。

永田は自分も裸になると、服に血痕《けっこん》がつかぬよう脱いだものをひとつにまとめて小屋の隅へと運んだ。空間に袋を敷いて死体を横たえ、使うべき道具を選び始める。肉

を切るのは出刃包丁、首を切断するのは鋤で、骨を切るには鉈《なた》がいい。押し切りは関節を切り外すのに使えるはずだ。逮捕した殺人犯が頭の中で永田を嗤う。

どう？　思ったよりも大変でしょう？

青白くて気味の悪い顔で囁《ささや》いてくる。チクショウ……と、永田は汗を拭った。

猟奇殺人犯は遺体を弄《もてあそ》ぶ。簡単に人の命を奪い、ときに亡骸《なきがら》を陵辱し、玩具《おもちゃ》にする。ところがどうだ。いざ自分がしてみれば、それは容易なことではなかった。死体は重く、皮膚の下が厚い脂肪に覆われていて、血と脂が刃物にへばりつき、すぐに切れ味を失った。骨は頑丈で、関節を外すことも容易ではなかった。臭いに胸が悪くなり、指に脂がへばりつき、焦りで手元が狂いそうになる。鬼畜に勝る永田の所業を支えているのは罪に対する凄《すさ》まじい恐怖と、忍び寄る朝の気配であった。始めたからには引き返せない。やり抜くほかに選択肢はない。

肉塊と格闘しながら永田は泣いた。

自分はなにをやっているのか。助けてと叫びたい衝動に何度も駆られ、すでに犯した行為を見つめ、それどころではないと奮い立つ。体中が汗にまみれて手も足も腰も痛み、衝撃で目眩《めまい》がしそうなのに頭はあまりに冴《さ》えていた。しっかりしろ。思い出せ。事件の話を聞くたびにお前は犯人のずさんさを嗤った。それを今こそ応用するのだ。

奴らはなぜ捕まった？　行動に甘さがあったからだ。俺なら違う。そう考えたことを思い出せ。死体を消すのだ。そうすれば、犯罪の痕跡も消え失《う》せる。お前はまた刑事として、奴らを追うことができるんだ。

肥料の袋に血を受けて、被害者の服にそれを吸わせた。地面が多少汚れても農機具や農具を元の位置に戻して筵で覆えば気付かれない。死体はすべて運び出さずともよい。やりすぎると警察関係者と疑われるから、身元が洗える頭部と衣服を先《ま》ず持ち出して、あとは肥料の袋に分けて入れ、数日にわたって少しずつ運ぶ。捨てるときは袋から出して川に落とせば水が証拠を流してくれる。袋は必ず燃やすこと。帰り際には足跡を消していかないと。血と脂にまみれた農具はどうする？　畑の土で刃先を拭《ぬぐ》い、出刃包丁は一度持ち帰ってきれいに洗い、残りの部分を取りに来たとき戻すのがよかろう。より効率的に、手際よく、証拠を消すのだ、死体ごと。自分は愚鈍な犯人とは違う。きれいさっぱり犯罪の痕跡を消し去れる。そうとも、俺は頭がいいのだ。

気持ち悪さも罪悪感も消え去って、永田はいつしか自分に酔い始めていた。

二十一世紀の東京。某所。

体が痛くて目が覚めた。暗闇だ。凄まじい悪臭がする。

一体ここはどこだろう？　俺は何をしていたのだろう？　体を起こし、瞼《まぶた》をこすろうとして、手を動かせないことに気がついた。妙なかたちに肩が曲がって、ビニール袋のようなものが顔面に密着し、足も、腕も動かない。

男はようやく気がついた。両腕が背中できつく縛られているのだ。両足もくるぶしあたりで一括《ひとくく》りにされて、膝《ひざ》は曲がるが、立つことはできない。体勢を立て直すこともできない。なにか不定形で柔らかなものに包まれて、横様に転がされているようだ。おーい、誰か。と、呼ぼうにも、猿轡《さるぐつわ》を噛《か》まされていて言葉にならない。

暗がりに筋状の明かりが見えた。微《かす》かな明かりだ。それが内部を照らしていて、汚くて狭い空間にいることがわかった。明かりに浮かぶビニールは、中にゴミが詰め込まれている。体を支えている物も、恐らく同じゴミだろう。イモムシのように体をくねらせると袋がずれて体が沈んだ。人の話す声がして、やってくる足音がする。

舌と歯と顎《あご》を懸命に動かして猿轡を外そうとしたが、両顎にガッチリ食い込んでいてビクともしない。壁を蹴《け》ろうと体をくねらせてみたものの、動くたび体がゴミに沈んでいく。やがて不穏な振動がした。

ゴミ袋からしみ出た水が目に入り、容赦なく鼻に流れ込む。男は海老《えび》のように体を反らして壁を蹴ろうとしてみたが、踵《かかと》が床につきそうになったとき、突然空間が動き始めた。頭の中が真っ白になり、考えて、理解した。

自分がいるのがどこなのか。このあと何が起こるのか。

むー、むぐぐーっ！

叫び声は言葉にならず、声にすらならない。

腕は動かず、足は利かず、車は走り、ゴミが暴れる。

彼は両手を交互に動かした。足も交互にずらそうとした。拘束具は紐《ひも》ではなく、ビニールテープのようなものらしい。動かすたびほんの少しだけ伸びていく。心臓は凄まじく打ち、体温が上がり、パニックになる。動かし、ねじり、引きちぎろうとする。絶望に襲われながらも踵を壁に打ち付けて、もがき続ける。靴が脱げ、靴下も脱げ、そしてとうとうテープが緩んだ。車がカーブを曲がった拍子に体が滑り、雪崩のようにゴミが動いて、でこぼこした壁にたたきつけられた。それでも男は諦《あきら》めない。体を丸め、揺れながら両腕の間に尻《しり》を通した。両手を捩《ねじ》り、膝でテープを伸ばそうとする。その時だった。車が止まり、床に光が射し込んできた。

今だ！

光に向かって体を転がす。その途端、回転板に掬《すく》われた。巨大な鉄の塊が容赦なく体を押してくる。光は去って、ゴミと一緒に圧縮される。

男は断末魔の悲鳴を上げた。

「ん?」

と、収集作業員が手を止める。ゴミ集積所の前である。機械は動き、仲間がゴミを次々に投入口へ放り込んでいる。

「どうした、早くしろ」

仲間は彼を睨《にら》んで聞いた。

「聞こえなかったか? 声みたいな……」

仲間は一瞬だけ耳を傾け、笑って言った。

「気のせいだろう。忙しいんだ、早くしろって」

「そうだな」

手にしたゴミを放り込み、次のゴミをまた持った。集積所に積み上げられていたゴミの山は、ものの数分でパッカー車の荷箱に消えた。

第一章　昭和三十五年人質立てこもり事件

ワクチンのない感染症が世界を席巻した年の六月、日曜日。

新人女性警察官堀北恵平《ほりきたけっぺい》は、東京府中市《ふちゅう》にある『武蔵野《むさしの》の森公園』で、同僚の平野《ひらの》刑事と桃田《ももた》鑑識官を待っていた。

花粉症でも風邪でもないのに、恵平はきちんとマスクを着けている。公園にいる人たちも、全員マスクを着けていた。無症状の感染者と重症化する者、二つの顔を狡猾《こうかつ》に使い分けるウィルスが日本国内に広がって、人々は感染予防のために手指の消毒やマスクの着用、不用意な密集を避けるなど、新しい生活様式を模索し始めているところであった。

この日は早くも真夏を思わせる陽気となって、芝生広場に立っているだけでジリジリと頬が焼けるようだが、こんなお天気を味わわないのはもったいないと、恵平は両腕を広げ、背筋を伸ばして深呼吸した。ショートカットの髪を風が掻《か》き上げ、閉じた瞼の内側が真っ赤に染まる。最高の気分だ、と言いたいところだが、マスクは呼吸が苦しくて、新鮮な空気を吸い込んでいる感じがしなかった。なんでも経験してみなければわからないなと、恵平は興味深く考える。マスクなんて風邪をひいたときくらいしか着けなかったし、風邪をひいたら両腕を振り上げて深呼吸もしないから。

マスクなしで暮らせた頃の快適さはマスク生活になってみないとわからない。パンデミックからこっち、医療従事者はマスクだけでなくゴーグルやフェイスシールドに防護服まで着込んで患者の対応に追われている。大変だなあと素直に思う。誰かを守りたくて警察官になった恵平だったが、自分自身も多くの人に守られていたことを未知のウィルスは教えてくれた。感染症という見えざる敵に対峙《たいじ》するのは屈強な兵士でも警察官でもなくて、医療に携わる人々だったからである。

いっときは人の姿を見なくなったほどの都内だが、公園にはけっこう人がいた。換気が必要な室内よりは屋外で楽しもうという人たちが芝生でお弁当を広げているのだ。こんな中でも元気に走り回る子供たちを眺めていると、少しずつ日常が戻っていると期待したくもなるが、事態の沈静化はまだ見えない。

木陰に入って公園を見渡していると、こちらへ向かってくる二人の青年に気がついた。白いTシャツに濃紺の七分《しちぶ》袖《そで》シャツを羽織っているのが平野刑事で、サマーニットに薄手のキャップ、バックパックを背負っているのが桃田鑑識官だと思う。マスクで顔は見えないが、やや俯《うつむ》き加減に歩く平野と、いつも空を仰いでいるような桃田の姿を見間違えたりしない。

「せんぱーい！」

背伸びして手を振ると、平野は「よう」と手を上げて、桃田は一瞬立ち止まる。二人とも笑ったのかもしれないが、表情がよく見えない。特に桃田はメガネレンズが反射して、顔がこちらに向いたことしかわからなかった。

恵平は二人の許《もと》へ走ってゆき、少し離れてお辞儀した。感染症は病をもたらしただけでなく、人が人と親しく接触する機会も奪った。

「遠くまですみませんでした。私が行ってもよかったのに」

恵平たち三人の勤務先である丸《まる》の内西《うちにし》署から一時間以上もかかる場所で待ち合わせたことを詫《わ》びると、足も止めずに平野が言った。

「ケッペーが署に来ても、頭突き合わせて同じパソコン使うわけにはいかないからな」

「ぼくらも息抜きできて、ちょうどよかったんだよ」

と、桃田も言う。

「東京駅界隈《かいわい》はどうですか？」

木陰を目指して歩きながら訊《き》くと平野が、

「や、どうだろう？　そこそこかな」

理解に困る返答をした。

「メリーさんやペイさんも元気でしょうか」

東京駅をねぐらにしているホームレスのお婆ちゃんと、駅前で靴磨きをしているお爺《じい》ちゃんについて訊《たず》ねると、彼は視線を宙に向け、

「メリーさんは元気だよ。おもて交番の山川《やまかわ》巡査が時々様子を見に行ってるみたいだ。ペイさんは相変わらずだけど、靴磨きの客は減ってるだろうな」

「この前、ぼくもわざわざ革靴を履いてきて、磨いてもらいに行ったんだよね」

桃田が言って平野を見る。

「そうしたら、先に平野が磨いてた」

恵平は嬉《うれ》しくなった。

「俺の前には伊倉《いくら》巡査部長が来ていたってさ。早く客足が戻るといいな」

署を離れてまだ十日程度しか経っていないのに、恵平は東京駅とその周辺の人たちが恋しくなった。丸の内西署に配属されて概《おおむ》ね八ヶ月の実地研修を終えた恵平はいま、再び警察学校へ入学して初任補修科課程を学んでいる。これを修了すると晴れて一人

前の警察官と認められるのだ。

三人は芝生広場を突っ切って、その先にある森を目指した。空いているベンチとテーブルを見つけると、恵平は走って行ってテーブルの落ち葉を払った。

桃田はバックパックをそこに下ろすと、ノートパソコンを出してスマホに繋《つな》いだ。

「最近は高齢者施設が面会禁止になってるからね」

言いながら、テキパキと準備を進める。

恵平らは春頃から高齢者施設にいる人物との面会を計画していたのだが、感染症から高齢者を守るために今はほとんどの介護施設が入居者と部外者の接触を制限している。面会申し込みの直後に感染が広がって、右往左往しているうちに時間ばかりが経ってしまった。ようやく先方と折り合いがついて、この日、リモートでの面会を取り付けることができたのだ。

桃田がパソコンを準備するのを見守りながら、モニター越しにしか他者と会えなくなる日が来るなんて、昭和《しょうわ》の人々が知ったらどう思うだろうかと考えていた。今ある未来は夢のごとくか、それとも、窮屈で怖い時代と感じるだろうか。

「東京駅うら交番に勤務していた柏村《かしむら》さんは、直前まで野上《のがみ》警察署で刑事をしていて、最後に関わったのが『少年ホルマリン漬け事件』だったらしいよ。犯人逮捕後の昭和三十二年秋に交番勤務へ異動したみたいだ」

桃田が簡単に経緯をまとめる。

これから面会する人物は、その『柏村巡査』の長男に当たるという。

恵平と平野は、昭和四十年代に撤去されたという『東京駅うら交番』に勤務していた『柏村』なる警察官について調べている。交番勤務の柏村敏夫《としお》は昭和三十五年の人質立てこもり事件で殉職し、その功績は警視庁ポリスミュージアムの顕彰コーナーでも称《たた》えられている。享年は六十五歳で、当該事件は未解決だ。

「柏村さんには実子が三人いたんだよ」

パソコンのセットを終えると、桃田は自分たちの映像が相手側にどう表示されるかの確認を始めた。モニターの前にいる自分と後ろに立つ恵平たちを表示して、逆光にならない位置までパソコンを動かす。

「ただ、元気なのは末っ子の長男だけで、現在八十八歳だ。娘さんの嫁ぎ先である群馬の介護施設にいることまではわかったけど、見つけてすぐにこうなっちゃったから。何もかも思い通りにはいかなくなったね」

「まったくだ」

平野も小さく吐き捨てた。

「でもまあ電子技術が危機に追随できてるし、東京の一極集中も今後はバラけていきそうで、犯罪率も……これはちょっとわからないかな」

桃田は自分の映り具合を確認して、メガネのレンズを丁寧に拭《ふ》いた。

「ダミさんはどうしてますか？　外食する人が減ったから、飲食業界も大打撃ですよね。警察学校にいて応援できない自分が怨《うら》めしいです。熱々の焼き鳥が食べられないとモチベーションが下がっちゃう……もしも『ダミちゃん』がなくなったら、私、東京で生きていけないかも」

『ダミちゃん』は呉服橋《ごふくばし》ガード下にある焼き鳥屋だ。感染拡大防止のために娯楽施設や飲食店が軒並み営業時間を短縮したから、いっときは都内の灯が消えたかのようだった。夜間パトロールでは、人間よりもネズミのほうが多いという光景を初めて見たし、先輩たちすら驚いていた。ご多分に漏れず『ダミちゃん』も暖簾《のれん》を下ろしているので、恵平は栄養も癒《い》やしも享受できなくなった。焼き鳥以上に大好きなダミさんの顔も、ずいぶん長いこと見ていない。

「いつになったら、また元のようにみんなでワイワイできるんでしょうか」

大好きな街の大好きな人たちを想って唇を尖《とが》らせる。

「暗くなっていても仕方がないから、考え方をポジティブに傾けようよ。ぼくらが揃って時間を取れて、伝説のうら交番について調べる機会を得られたのも、こんな状態になったからだし、悪いこともあるけど、いいことだってあるよ」

さ、オッケーだ、と桃田は言って、ようやくパソコンから体を離した。

あとは相手からのリアクションを待つだけである。誰がメインで話すかにもよるが、三人でベンチに座ると密着するので、話す場合のみ相手のモニターに映り込むことにした。先《ま》ずは恵平がベンチに座り、男二人が背後に立った。初対面の相手と話すときは、人当たりのいい恵平が重宝される。

「息子さんについて、ほかの情報はないですか？」

リアクションを待ちながら訊くと、桃田が答えた。

「名前は柏村肇《はじめ》といって、現役時代は弁護士だったみたいだよ。どうして施設にいるのかまではわからなかったけど、話は普通にできるらしいから」

話していると待ち受け画面に反応があった。リモート会議への招待状が届いたのだ。すかさず桃田がソフトにつなぎ、設定を許可して映像が浮かぶ。

森の木陰は涼しくて、子供たちのはしゃぐ声が時折頭上をかすめていく。

誰かとオンラインで会う日が来るなんて、なんだか不思議な気がするが、容疑者や捜査協力者との接触でウィルス感染した警察官も、小規模ながらクラスターが発生した警察署もあると聞く。

「ケッペー、出たぞ」

背後で平野が囁《ささや》いた。

介護施設のシャツを着た女性がモニターに映り込んでいる。彼女はこちらを確認してから姿を消して、やがて車椅子の老人をモニターの前へと連れてきた。一瞬だけこちらに目をやってから、老人の背後へ見切れて行く。

老人は思ったよりも肌艶《はだつや》がよく、瞳《ひとみ》にしっかりとした光があった。

「初めまして」

恵平が代表で頭を下げる。この人が柏村さんの息子さんか……改めて本人を目の前にすると、何ともいえない感慨が浮かんだ。

六十年も前に殉職した柏村を、恵平と平野は知っているのだ。家族の話を聞いたことはなかったが、子供がいると桃田から教えられた時は興奮した。

柏村と恵平たちは東京駅周辺の時空が歪《ゆが》んだ隙間でたまさか出会い、過去に起こった凶悪事件や、その顚末《てんまつ》について話し合ってきた。会うのは必ず古い煉瓦《れんが》ふうの東京駅うら交番で、柏村に美味《おい》しいほうじ茶をご馳走《ちそう》されて、警察官の矜持《きょうじ》について教わった。また行こうとしても行くことはできず、そのくせ丸の内西署が凶悪事件を抱えているときは当然のように行き着けた。幻のうら交番は警視庁の都市伝説になっていて、噂を知る者が多いということも最近知った。

その交番はかつてときわ橋の近くにあって、今も警察関係者が迷い込むことがあり、そこへ行った者は一年以内に命を落とすと、まことしやかに噂されているのである。

恵平が初めてうら交番へ行き着いてから、すでに八ヶ月が経とうとしていた。

あなたのお父さんはなぜ、現代の警察官を過去に呼び寄せるのですか？　自覚があってやっているんでしょうか。もしかして、生前のお父さんから私たちの話を聞いていませんか。人質立てこもり事件はなぜ起きて、なぜ未解決で、柏村さんはどんなふうに殉職したのでしょうか。

聞きたいことは山ほどあるのに、いざ本人を前にすると、何をどう話せばいいのかわからなくなる。自分と平野刑事はあなたのお父さんを知っているんです。昭和三十三年のうら交番で、生前の柏村巡査と交流したことがあるんです。そう正直に打ち明けても、信じてはもらえないと思うからだ。

「私は丸の内西署に勤務している堀北という者です」

とりあえず自己紹介すると、

「丸の内西署刑事組織犯罪対策課の平野です」

と、平野が続き、桃田も所属と名前を名乗った。

柏村肇はハッキリとした口調で答える。

――どうも。柏村です――

彫りの深い顔や大きな目に柏村巡査の面影がある。恵平が知る柏村は六十代だが、殉職せずに長生きしたら、こんな風貌《ふうぼう》になったのだろうか。本人より老いた息子を目にすると、何度か足を運んだうら交番の不思議を、今さらのように疑いたくなる。

――なにか私に、訊《き》きたいことがあるそうで――

柏村肇はそう訊いた。老眼鏡を鼻の頭にひっかけて、薄い白髪をオールバックに撫《な》でつけて、灰色の立ち襟シャツを着こなしている。眼光鋭く、老人なのに色気を感じさせるあたりも父親とそっくりだ。訊《たず》ねたいのは父親の柏村についてだが、なぜ知りたいかと問われたら、どう答えるのがいいだろう。

口ごもっていると平野が言った。

「昭和の中頃まで東京駅うら交番に勤務していた、柏村敏夫さんについて伺いたいのです」

――柏村敏夫は父ですが――

恵平は体を倒してモニターに平野が映り込むようにした。平野は続ける。

「殉職されたんでしたよね」

柏村肇は感情を表さないまま、

——そうです——

と答えた。

(いっそ父親に会ったと話しちゃったら?)

桃田が平野に囁いている。自分の父親と、父親が勤務していた交番が警視庁の都市伝説になっていると聞いたなら、この人はどう思うだろう。

「先ずはお父さんが殉職された事件の経緯を伺いたいのですが」

平野は言った。その当時、息子の彼は二十八歳だったはずである。

——なんですか?——

柏村肇は目を細め、記憶を呼び戻すように唇を結んだ。

「どんな事件だったのでしょう」

平野が訊くと、脇から桃田も重ねて訊いた。

「古い事件だし、未解決であること以外に詳しい情報がないのです」

——今さらそれを聞いてどうします——

相手はとたんに眉《まゆ》をひそめた。六十年も昔の話をなぜ知りたいのかと訝《いぶか》しむ。いっそ桃田の提案通りに事実を話してしまうのはどうだろう。恵平が考えていると平野が続けた。

「自分たちが勤務する丸の内西署管内には、うら交番がときわ橋の近くにあった頃を覚えている人や生前の柏村さんを知っている人がいて、自分たちもよく話を聞きます」

メリーさんやペイさんのことである。肇は半眼になってモニターを眺めているが、敢《あ》えて口を開こうとしないのではと恵平は感じた。平野が続ける。

「警視庁ポリスミュージアムの顕彰コーナーに柏村さんの遺影がありますね。情報としては昭和三十五年に起きた人質立てこもり事件で殉職されたということしかなくて、詳しい話を知りたいのです。事件はどこで起きたのですか？」

肇の瞼《まぶた》が揺れている。彼は静かに目を開き、宙を見上げてため息を吐いた。

――……そうですなあ――

老眼鏡を外してポケットに入れ、両手で強く目頭を揉《も》む。

――事件は丸の内の……建築中のビルヂングの地下で――

「え、民家とかじゃなかったんですか？」

恵平は思わず訊いた。立てこもりと聞いたから、民家や商店、オフィスや銀行で起きたとばかり考えていたのだ。

「工事現場？」

と、平野も呟《つぶや》き、

「それはどんな経緯で起きたんですか」

と、桃田が訊いた。

肇は「うーん」と、静かに唸《うな》った。

――詳しく事件の経緯を知る者は、おらんのではと思いますがね。若い人には想像もつかんでしょうが、時代が今とは全然違って……戦後ですよ。都庁だって丸の内にありましたしね。事件の前年あたりでしたか、東京オリンピックの開催がほぼ決定しそうだということで、目まぐるしくインフラが整備され、日本中が浮かれたような騒ぎでした。地下鉄は次々開通するわ、地上も地下も工事して、事件現場にも翌年ビルヂングが建ちましたけど、そのビルもすでに取り壊されて……そうですな……あれは、どのあたりだったかと言うと……当時の住所は丸の内二丁目でしたが、今だと二丁目と三丁目にかかるあたりでしょうか、わからないけど――

「翌年に建ったというビルの名前はご存じですか？　当時の名称でかまいませんが」

肇は平野に名前を告げた。区名を冠したビルのようだが、もちろんすでに建物はな

い。肇は指先で瞼をこすり、

——当時、私は小さい事務所を手伝いながら法律の勉強をしてまして。電報で、親父が事故に巻き込まれたと知ったのですよ。事件ではなく事故という話でした。工事現場で崩落事故が起きて、親父を含め複数名が巻き込まれたというのです——

恵平たちは互いに顔を見合わせた。

「人質事件だったんじゃ？」

——聞いた当初は事故だったんです。実は事件で、父が民間人を守るために尽力していたと知れたのは、もっとずっと後でした。工事関係者とか怪我人も多くてね、数人が亡くなったのですが……正確な人数はハッキリしなかったんじゃないのかな——

現場が酷《ひど》くて。と、老人は付け足した。

「崩落事故のせいですか？　それとも犯人が」

「爆破事件だったんでしょうか」

桃田と平野が続けて訊くと、老人は微《かす》かに首を傾げた。

——事件だとわかるにもけっこう時間がかかったのでね、最初は何が何だかわからなかった。消防署への一報は事故でしたから、先ずは人命救助ということで。そうはいっても、今とは全然違うんだから、慌てて現場へ駆けつけたって、なにひとつ様子なんかわかりゃしないんだから。もうもうと埃《ほこり》が上がってるばっかりで……助けようたってあなた、人は大勢いるんだけど、中へ入ることができないですから——

老人の瞼が痙攣《けいれん》している。年月が経ったとはいえ、そのときの惨状が瞼に浮かぶのだろう。

——生存者もいましたが、最初の遺体が見つかるまでに二晩くらいかかりましたか……遺体というか……損傷が激しくて、まあ親父もそうでした。私たち家族もてっきり事故と信じていました。警邏《けいら》中に現場を通ったかして異変に気がつき、中の人を助けようとして巻き込まれたんだろうと——

「でも……じゃあ、結局誰が人質だったんですか」

恵平が訊く。

——さっきも言いましたが、遺体も身元がわからなくてね、父と懇意だった野上署の課長さんからあとで話を聞いたのですが、なんですか、父は女性を助けるために犯人を追いかけて、説得中に崩落があったと証言した人がいたらしいです。幸い、父は身分証や制服から身元が知れたのですが、女性のほうはまあ、あれです。

犯人も現場にいたなら死んだのだろうと思うのですが、なかなかね、それほど凄惨《せいさん》だったんですよ。未解決とはそういう意味だと、私ら家族は思っています。当時は今のように防犯カメラなんてありませんしね、中は暗いし、狭いしね――

平野は桃田を振り返って訊《き》いた。

「どっかに調書がないのかよ?」

「だからそれが見つからない。警視庁本部も昭和五十二年に建て替えられているし、古い書類はデータ化されていないしさ」

平野は次に声を潜めた。

(そんな死に方したから、柏村さんは成仏できない?)

(ぼくに訊くなよ。ぼくは会ってもいないんだから)

――どうして父のことを知りたいのです?――

柏村肇はまた訊いた。

――なにか情報があるのなら、私のほうが知りたいくらいですがねえ。私たち家族の認識は、父は勤務中に崩落事故に巻き込まれて死亡したというものですから。直前に誰を追っていたとか、拉致《らち》された女性を助けようとしていたとか、そのあたりのことを詳しく知る術《すべ》もありません。ぼくは――

一人称を『ぼく』に変え、

――父を尊敬していましたし――

と、老人は言う。

――ほとんど家に居ない人でしたが、葬式にたくさんの民間人が来てくれて、親父の偉業を知りました。ああ、親父はこんなに愛されて、こんなにたくさんの人たちを守ったり、助けたりしていたんだな、とね。理不尽なところが少しもなくて、穏やかで、厳しくて、でも優しい人でした。一緒に酒を飲める齢《とし》になってもあまり話す機会がなくて、だから警官を辞める日を楽しみに待っていたんです。

でも、ダメだった。ぼくは自分の嫁すら見せてやれませんでね。顕彰コーナーに遺影を置くのを了承したのも、なんというか、親父という警察官がいたことを知ってもらいたいというお袋の意思で……――

「すみません。新しい情報を持っていなくて」

恵平は深く頭を下げた。

モニターの中で老人は、じっとこちらを見つめている。

――まさかあなたも、父を知っている……なんてことはないんですよね――

彼が突然訊いたので、恵平は心臓に痛みを感じた。老人は身を乗り出している。

――平成《へいせい》になってからですが、うら交番で親父に会ったという人が訪ねてきたことがあるのです。古いアルバムを見せたら、間違いなくこの人だと不思議がっていましてね。会ったのは少し前だった、などと……――

老人はしばし言葉を切ってから、

――前の警視総監ですよ――

恵平たちは視線を交わし、姿勢を正して平野が訊いた。

「警視総監殿はどんな話をされたのですか？」

芝生広場でボール遊びをする子供の声が、三人の頭上を駆けていく。

老人は居眠りするように目を細め、微かに首を傾けた。

――警視庁の博物館が新しくなったとき、やはり顕彰コーナーで父の遺影を見たそうで。少し前に、時代がかった交番で古い制服の警察官に会ったのを、マニアだろうと気にも留めていなかったのが、どうみても同じ人物なので気味が悪くて、部下に調べさせたと言っていました。花と線香を持って訪ねてみえたんですが、そのすぐあとでしたかね、暴漢に襲われて亡くなられた。残念です――

恵平は首をひねって平野を見上げた。平野はマスクの下で唇を嚙《か》んでいるようだ。一呼吸してから、恵平は指示を待たずにこう告げた。

「実は私も、うら交番で柏村さんに会ったんです。偶然見かけた程度じゃなくて、すでに何回か会ってます。だから不思議に思って調べています」

驚くか、馬鹿にされるかと思ったのに、柏村肇は目をしばたたいただけだった。

老人は頷《うなず》き、こう訊いた。

――父は元気でしたかな――

そのひと言にはグッときた。

「お元気でした。ブリキの急須《きゅうす》で美味《おい》しいほうじ茶をご馳走《ちそう》してくれるんです」

――人形町《にんぎょうちょう》のほうじ茶ですな。お袋が好きで買っていたものだと思います――

恵平は背筋を伸ばし、両手でテーブルの縁を摑《つか》んだ。そして単刀直入に一番知りたいことを訊こうと思った。大好きだった祖父の言葉を思い出したからだった。人とは魂で接しなさい。それで躓《つまず》いたとしても恥じないことだ。

「柏村さんと会った警察官は私たち以外にもいるんです。仕事に悩みを抱えていたときにうら交番へ行き着いて、柏村さんにお茶をもらって、警察官を辞めるのをやめた人もいるって聞いてます。私も捜査にアドバイスをもらったんです」

――にわかには信じがたい話ですなあ――

老人は笑っている。

「自分も柏村先輩と会った一人です」

平野も言った。

「幽霊ではない。人間で、実体もありました。ただ、確かめようと同じルートを辿《たど》っても、再び行き着けるわけではないんです」

死んだ父親と会ったという人物が一度に二人も現れるとは思いもしなかったのだろう。今度は明らかに驚いた顔で、老人はモニターを見つめている。

――あなたがた三人とも、親父に会ったわけですか――

「ぼくは違います」

と、桃田が言った。

「私と平野先輩の二人だけです。柏村さんと話したのは」

恵平は考えを整理しながらこう訊いた。

「桃田先輩は私たちの荒唐無稽《むけい》な話を嗤《わら》うことなく、柏村さんのご家族について調べてくれて、息子さんから話を聞けば、この不思議な現象のヒントがもらえるんじゃないかって……初めてうら交番へ行ったとき、私は赴任したばかりで土地勘もなくて、深く考えなかったし、不思議だとも思わなかったんです。でも、赤い電球とレンガ造りの交番について平野先輩に話したら、そんな交番は存在しないと言われてしまって、探しても見つけることができなくて」

「ところが、そのあとで俺も行き着いたんです。うら交番へ」

――どうやって？――

「どうやってというか……なあ」

平野が顔を向けたので、恵平が答えた。

「丸の内の東京国際フォーラム近くに古い地下道があるんですけど、時々、そこから行けるんです。いつもじゃないです」

――はは あ……新国際ビル、新東京ビル、新有楽町《しんゆうらくちょう》ビル……父が死んだ崩落現場は、たぶんそのあたりの地下ですよ――

恵平はザワリと鳥肌が立った。東京駅周辺の地下は巨大迷路のようで、地上に出ることなくかなりの距離を移動できる。現在も膨らみ続ける地下空間は、柏村の時代から間断なく工事が続いていたのだろう。あの地下道は、だからうら交番へつながることがあるのだろうか。

「お父さまに心残りがあったとか、柏村さんは生前に、現代へつながるような話をしていませんでしたか？」

訊くと老人は首を傾げた。

――さあ、どうですか。私もすでに実家を出ていましたし、お袋も、親父の仕事に口を出したり、子供に告げ口するような性格ではありませんでしたから――

言いながら、眉《まゆ》をひそめる。

「何か？」

恵平は訊《き》いた。

——そういえば……東京の家の押し入れに、親父の警察官時代の私物が残っていたような……——

そしてモニターに視線を向けた。

——お袋が、資料やノートを段ボール箱にまとめておいたものですが、あれを調べたら何かわかるかもしれませんね。ぼくとしては故人の秘密を覗《のぞ》き見るようで厭《いや》だから処分しようと言ったんですが、お袋は『警察官としてのお父さんの誇りだから捨てられない』と。あれ、どうしたかな。お袋を引き取ったとき一緒に持って来て、ぼくがこっちへ来たときも、持ってきたんじゃなかったかな——

恵平は尻《しり》を浮かしそうになった。うら交番へ行くたび柏村のデスクに大学ノートが置かれているのを見ていたし、柏村が熱心に何かを調べていたのも知っているからだ。

平野が訊いた。

「刑事を辞めても追いかけていた事件があったんでしょうか」

——どうですかねえ。そうだとしても親父は家族に話さなかったと思います。でもまあ、刑事は挙げ損ねた事件を生涯忘れないらしいから、親父がそうでもおかしくない……あれ、まだ物置にあるんじゃないかな――

老人は記憶を探るように視線を宙に向けている。

「探してみてもらえませんか」

「そして資料が見つかったなら、読ませていただくことはできないでしょうか」

恵平と平野が交互に訊くと、老人は顔を上げ、

――お役に立つならかまいませんが、六十年も前のものですよ？――

「六十年も前だからこそ、警視庁に資料がないんです。お願いします」

身を乗り出して桃田も言った。

「ぼくはうら交番へ行ったことも、柏村さんに会ったこともありません。でも平野と堀北、この二人はいい加減なことを言うタイプじゃないし、いい警察官なんです。そんな二人が会ったと言うなら、話は真実なんでしょう。不思議だけど、そうなんです。このメカニズムを解明するのに、どんな情報でも欲しいんです」

老人は何事か考えていたが、「うんうん」と呟《つぶや》いて顔を上げた。

――……そういえば、交番勤務のころ、スーツの話をしていましてね――

「スーツですか？」

と、桃田が促す。

――そう、スーツです。突然思い出しました。スーツというか、当時は背広と言ったんですが、私が法律事務所へ勤めたときに大枚叩《はた》いて新調してね、それをしみじみ眺めていた父が、『そうだよな、普通、背広はそういうものだよな』なんて言ったことがありました。交番へ来た若い刑事が裏地のない背広を着ていたが、変だよなって。身幅が狭くて丈も短い。それなのによく伸びて動きやすそうだなんてね。それがカッコいいんだよと……そう、思い出しました。そんな背広があるもんかって話になって、銀座《ぎんざ》の有名店など気にしたことがあったんですが……考えてみると、今どきのスーツはそんな作りになっていますね――

「その刑事って平野じゃないの？　汎用《はんよう》品のスーツだよね」

「汎用品は余計だが、動きやすくて楽なんだよ。高機能で多機能だぞ」

「イマドキのはね、知ってるよ」

桃田に言われるまでもなく、恵平も同じことを考えていた。

「もしかしたら、柏村さんの日報や日記に私たちのことが書いてあるかもしれません。前の警視総監や、他の警察官についても記録しているかも」

恵平が呟くと、

――日報もあったと思います。娘に電話して探させましょう――

柏村肇はそう言った。

「ありがとうございます！」

恵平と平野は同時に答え、桃田も後ろで頭を下げた。

老人は結果がわかったら知らせてくれると言い、最後にそっと微笑んだ。

――今ねえ、ぼくは親父の話をしながら、自分のことを考えていました。親父はぼくより若くして亡くなりましたが、もしも自分が死んだとき、あなたたちのような誰かがぼくの人生に興味を持ってくれるとしたら、やっぱり嬉《うれ》しいだろうとね――

彼は振り返ってスタッフを呼び、介護士がリモートのスイッチを切った。モニターから消える瞬間の柏村肇は、当初より少し若返って見えた。ウェブサイトのCMがモニターに浮かび、桃田は無線接続をオフにした。

「息子さん……柏村さんそっくりだったな」

両手で髪を掻《か》き上げながら平野が言った。

「柏村巡査ってあんな感じなんだ？」

「目元なんかそっくりですよ。柏村さんの『その後』に会ってしまったような、なんか妙な感覚です」

「それな」

桃田はパソコンを片付けて、バックパックに収納してから振り向いた。

「資料入りの段ボール箱が見つかるといいね」

その眼が思いがけなく真剣で、うら交番へ行った者は一年以内に命を落とすという不吉な噂を、桃田が自分のことのように心配してくれているのがわかった。

柏村本人を知ればこそ、噂は噂に過ぎないと斬り捨てたつもりだったのに、彼の壮絶な死に様を聞かされて、恵平は少し恐怖を感じた。うら交番へ行くために使う地下道の付近が死亡現場だった可能性があると知ったら、なおさらだ。

「一年以内に謎を解かないとな」

平野が恵平を見て言った。

本当に自分は数ヶ月以内に死ぬのだろうか。遅れて平野も同じ目に遭うのか。それとも二人一緒に、勤務中の事故に巻き込まれるとか。ぶっきらぼうな平野と神経質な桃田は、頼りになる先輩だ。自分はまだ彼らの下で学びたい。そして本当の意味で警察官になるのだから、死ぬわけにいかないし、平野のことも死なせない。

「はい。謎を解きましょう」

恵平は自分の答えに力を込めた。

三人揃って森を出て、公園の自販機で飲み物を買い、歩きながら飲んで出口で別れた。人の流れが絶えない東京駅の、日に何度も表情を変える煉瓦《れんが》駅舎や、それを見に来る観光客、振り返りもしない通勤客に、ひっそり暮らすホームレスたち、着膨れて小さいメリーさん、靴磨きのペイさんや焼き鳥屋の大将ダミさんや、路地裏で飲み屋を営むオネエさんたち、おもて交番の先輩や丸の内西署の職員たち……小さくなっていく平野と桃田の背中を見送りながら、恵平の脳裏を彼らが過《よ》ぎる。通りの向こうへ消えるとき、平野と桃田は立ち止まり、恵平に向けて手を振った。

がんばれよ。

そう声が聞こえた気がして頭を下げる。

二度目の警察学校は最初のときほど辛《つら》くない。全然辛くないと言ってもいいくらいだ。それでも丸の内西署や東京駅が恋しい気持ちは変わらない。実家よりも駅が恋しいなんて変な話だけど、平野や桃田と一緒に丸の内へ戻りたいなと一瞬思う。けれども自分は警察官未満なのだから、休日といえども甘ったれたことを言ってはいられないのだ。

「よし！」

自分を鼓舞して唇を嚙《か》み、恵平はタタタ！　と足踏みをした。

それから警察学校へ向かって、全速力で駆け出した。

警視庁警察学校は丸の内から離れた府中市にある。一度はここを卒業して丸の内西署に配属された恵平だったが、一定期間の実地研修を終えた今、再び学校に入学して総合的な訓練を受けている。この期間を修了すると一人前の警察官と認められ、再び配属先の丸の内西署へ戻されるのだ。

建築面積が東京ドームの約二倍の広さを誇るキャンパスは全寮制で、学び舎《や》の他に食堂、図書館、道場、プール、トレーニングルーム、売店から診療所まで完備され、施設を出なくとも生活に支障が出ることはない。二度目の入学では配属ホヤホヤの初任科生たちが下にいて、いつの間にか先輩警察官の立場となった。初任科生だった頃は怖いとしか思えなかった教官も、警察官としての基本的な心構えが身についた今は使命を同じくする同僚のような接し方をしてくれる。集団責任による懲罰もなく、休日は個別に寮を出られるし、夜間ならば携帯電話も使える。明日は無事に過ごせるのかと不安に震えた日々はなんだったのか。二度目の学生生活は今のところ順調だ。

寮へ戻ってみたものの、自室はきれいに片付いているし、予習復習もすでにすませた。時刻は正午を過ぎたところで、休日の時間は余っている。外出届けは出しているし、余裕をもたせて帰寮時間は午後七時半になっている。

恵平は必要最小限のものだけがこぢんまりと置かれた部屋を見た。

ネットサーフィンをしようにも警察学校はパソコンの持ち込み禁止だし、図書館から借りた本も読んでしまった。平野や桃田の顔を見たらなおさら、休日に独りぼっちで寮にいる自分を寂しく思う。二人は一緒に食事でもして帰るのだろうか。自分はショッピングに出るわけでもないし、やることと言ったら運動くらいしか思いつかない。大好きな袋小路や裏道の探索は、こんな状況なので遠慮してしまう。休日の寮内は閑散として、自分だけが取り残されたような気分になった。

もう一度時間を確認する。東京駅まで約一時間。行って、戻って、門限までは十分だ。スマホと財布だけポケットに入れて、恵平は寮を出る。

東京駅に会いに行こう、煉瓦駅舎に会いに行くんだ。

それは今の自分にとって、とても必要なことに思えた。丸の内西署にいた頃は、早朝に東京駅まで走り込み、駅前広場から煉瓦駅舎を仰いで『今日も無事に勤務を終えられますように』と頭を下げるのを日課にしていたからだ。

一世紀近くも同じ場所に立ち、震災も空襲も乗り越えて美しく蘇《よみがえ》った東京駅舎は、恵平の驚異で、憧《あこが》れでもある。ボロボロだった建物を、捨てるのではなく蘇らせると決めた人たちの努力と苦労、それによって残された歴史と思い出。人ひとりは弱くてちっぽけな存在でも、力と情熱を集結すればできないことはないのだと、東京駅を見るたび思う。そして心に決めるのだ。

警察官として最初に配属されたのが東京駅おもて交番であることを誇りにしようと。

だから駅を見にいくことは、自分を鼓舞することなのだ。

第二章　大都会で神隠し

府中市から向かう東京駅は、新宿《しんじゆく》駅を経由してJR中央《ちゆうおう》線のホームに至る。一般の昇降客気分で電車を降りると、警邏《けいら》中の鉄道警察隊員に気が付いた。いつもは駅の外側にしかいないから、ホーム内で働く同僚の姿は新鮮だ。互いに顔見知りだが、もちろん無視して行き過ぎる。自宅待機やリモートワークで、外出する人の数は減っているかと思ったが、日曜日の真っ昼間はそれほど変化を感じない。

この分ならば、と恵平は思う。ペイさんやメリーさんに会えるかもしれない。丸の内側に三つ並んだ出入り口のうち、北側コンコースを出た先で、デッドスペースに椅子と靴置き台と道具箱を置いて商売しているお爺《じい》さんを見ることがある。それはただひとり駅前に露店を構えることを許された靴磨き職人で、仕事後に手のひらを出してペイ（支払い）を求めることから『ペイさん』と呼ばれている。靴磨き一筋七十年。どの駅員よりも長く東京駅と関わってきたので、特別に商売を許されているのだ。兜町《かぶとちょう》で世界の金融を動かすディーラーも、大きな取引の前はペイさんに靴を磨いてもらう。よいディーラーは靴の身だしなみに心を砕くが、験担ぎだけでなくペイさんが磨いた靴は輝きを増すし、革が柔らかく履きやすくなって長持ちするからだという。ディーラーは敢《あ》えて高級な靴を履く。恵平が履くのは官給の靴だが、やっぱり履き心地がよくなって、疲れにくく、歩きやすく、有事に早く走れる気がする。

日曜日なので心配したが、いつもの場所に小さいお爺さんは座っていた。目深に被《かぶ》ったハンチング、親指と人差し指に絆創膏《ばんそうこう》を巻いて専用の小さい椅子に腰を掛け、お客の靴を磨いている。お客は金融マンでも会社員でもなくて、同じように着膨れてツバの広い帽子を被ったお婆さんだ。メリーポピンズが持つような大きい鞄《かばん》を脇に置き、長いスカートから出た足を靴置き台に載せている。

「うわあペイさん、メリーさん！」

恵平は思わず声を上げ、メリーさんから少し離れた場所で止まった。自分が無症状の感染者だったら、メリーさんにリスクを負わせてしまうからだ。振り向いたメリーさんはレースのマスクで、ペイさんも、ぶかぶかした手ぬぐい柄のマスクをしていた。毛糸で編んだ椅子カバーと同じく、奥さんの手作りだろう。

「おやぁ？　ケッペーちゃんじゃぁないか」

布をシャカシャカ動かしながら、ペイさんはハンチングの下で目を細めた。靴置き台に載せたメリーさんの足は小さくて、ベージュのデッキシューズを履いている。

「しばらく姿を見なかったから、おいちゃん、ケッペーちゃんが具合悪くなったんじゃないかって心配していたんだよ」

ツバ広帽子の下でメリーさんも微笑んだ。優しげに両目を細める仕草を見ながら、恵平は、メリーさんがこんなにも表情豊かな人だと初めて知った気になった。

「うん。バタバタしている間に黙って行っちゃってごめんね。私、いま警察学校で、府中市の寮に入っているから」

二人から少し離れた場所にしゃがんで言った。

メリーさんのデッキシューズにはタッセル付きの紐《ひも》が結ばれていて、ペイさんは紐を伸ばして丁寧にクリームを塗り込んでいる。

「警察学校だったのかい。まあ、元気ならよかったよぅ」

「ペイさんは商売できてるの？　人が通らなくなって大変でしょ」

ペイさんは「くぇ、くぇ」と笑った。

いつもなら歯の抜けた口が見えるのに、マスクのせいでそれもない。

「そうでもないし、人が多けりゃ靴を磨くってもんでもないからさ。お得意さんが心配して来てくれてるし、おいちゃんはここにいるのが商売で、東京駅の飾りみたいなもんだから」

「そうね」

と、メリーさんも頷《うなず》いた。

「一時期は驚くほど人が減ったけど、今はそれほどでもないみたい。夜間はひっそりしちゃって怖くなるけど」

駅地下と地上を結ぶ通路のひとつで夜を過ごすメリーさんのことを、恵平はいつも心配している。人が多いと悪さをされないか心配になるし、人がまったくいないとき、メリーさんに何かあったらどうしようとも思うのだ。

「メリーさんは大丈夫？　夜が寂しすぎるとかないの？」

メリーさんはゆっくり頷いた。

「寂しくないわ。東京は暗くならない街だから。ただ、急に人が絶えたときは、あちらこちらに喧騒《けんそう》の残骸《ざんがい》みたいなものを感じて不気味だったわ」

喧騒の残骸ってなんだろう。巨大な街の片隅で夜を過ごすメリーさんの気持ちは、本当のところ理解できない。

「ダミさんはどうしてる？　元気かな」

「飲食店はどこも戦々恐々としているよ。『ダミちゃん』はずっと閉めてるね」

それを聞いて悲しくなった。メリーさんが言う。

「しばらくお弁当の宅配でしのぐみたいよ。あすこは料理が美味《おい》しいから。丸の内西署へもお弁当を届けているんじゃないかしら」

「ケッペーちゃんの署の人たちがね、みんなで応援してくれてるんだよ」

本当にありがたいなと恵平は思う。

「私も食べたいな。ダミさんのお弁当なら」

「警察学校のごはんは美味しくないかい？」

「熱々の焼き鳥がないのよね」

ペイさんが「うはは」と笑った。

「それにビールも、ないんだもんね？」

「外食もできるけど、ダミちゃんは学校と離れすぎてて」

ペイさんはメリーさんの靴を磨き上げ、靴紐を縛ってペイをもらった。

「ケッペーちゃんも磨いていくかい」

「はい。ぜひお願いします」

メリーさんと場所を替わって靴置き台に片足を載せる。

「おやあ、これは石膏《せっこう》かな？　靴に石膏がついてるよ」

　と、ペイさんは言った。

「あれ、しまった。ゲソ痕《こん》をとる実習をしていたからよ。石膏で型を取るんだけど、ピーチ先輩みたいに上手《うま》くできなくて」

　ペイさんは指先で石膏をつまみ取ってから、ブラシで靴の埃《ほこり》を払い、靴に塗るクリームを選び始めた。

　今度はメリーさんが傍らにしゃがんで作業を見守る。着膨れて丸いメリーさんは、地面にしゃがむとカラフルな毛布のようだ。

「徳兵衛《とくべえ》さんたちもお元気ですか？」

　恵平はメリーさんのホームレス仲間について訊《き》いてみた。徳兵衛は腕のいい板金工だが、借金の保証人になったことですべてを手放し、町工場の仕事を手伝いながらホームレスを続けているのだ。器用に膝《ひざ》を抱えながら、メリーさんはこう言った。

「徳兵衛さんは元気だけれど……」

「どうかしましたか？」

　恵平が訊くと、

「婆さんは、神隠しに遭った仲間のことが心配なんだよ」

と、ペイさんが答えた。

「最近はさ、夜になると人通りが絶えちゃうし、うっかりあっち側へ行っちゃったのかもしれないとかさ。おいちゃんはそう思っているんだけどね」

指先で靴にクリームを塗り込みながら、ペイさんはニヤニヤしている。

「あっち側って？」

訊くと顔を上げて恵平を見た。

「ケッペーちゃんだって行くもんね？　まだ、ときわ橋の近くにうら交番があった時代へさ。そこで死ぬ前の柏村さんに会ったり、お嫁に来たばっかりの婆さんに、お守りをもらったりしたよねえ？」

そのお守りはいつも首から下げている。恵平はメリーさんを見た。

「誰かがあっちへ行ったまま、帰ってこないってことですか？」

メリーさんは首を振る。

「違うのよ。そういうことではないと思うわ」

いや、でも、本当にそうだったなら……と、恵平は怖くなる。

「うら交番っていえば。私、ついさっき柏村さんの息子さんと話したんですよ」

そしてペイさんとメリーさんに訊《たず》ねた。

「その人は八十八歳で、今は施設にいるんだけど、すごくしっかりした方で、柏村さんが殉職した事件のことを初めて聞いたの。ペィさんたちは知ってる？　丸の内二丁目あたりの工事現場で崩落事故があったって……昭和三十五年のことだけど」

ペイさんは首を傾げた。

「ごめんねえ。その頃はおいちゃんもまだ小僧でさ、親方にしごかれている最中だったし、駅のこっち側じゃなくて反対側だろ？　大人たちが騒いでいたのは知ってるけども、それくらいしか覚えてないよね。交番のお巡りさんが死んだことだって、あとから知ったぐらいでさ」

「でも、テレビのニュースでやったでしょ？」

「あはは、時代が違うよう」

と、ペイさんは笑った。

「昭和三十五年はようやくカラーテレビが出てきた時代よ。佃島《つくだじま》がまだ島で、もの凄《すご》い勢いで東京が変わっていったころ。だから私も詳しいことはわからない」

「じゃ、ニュースはどうやって知ったらいいの？」

「お大尽公の家には白黒テレビがあったよね。最初は、そりゃ高かったんだよ。テレビや洗濯機や冷蔵庫が出たのだっておいちゃんがガキの頃だから……そうだな、何年頃だったかな。もう忘れちゃったよぅ」

「ＮＨＫがテレビ放送を始めたのが昭和二十八年で、末の妹が生まれた年なの」

と、ペイさんより年上のメリーさんが言った。

「初めてテレビを観たときは、箱の中に人が入っているみたいで不思議だったもんね」

ペイさんは笑っている。

「白黒テレビからしばらくしたら、今度はカラーテレビが出るっていうので、すごいなあと思っていたら放送局の設備が追いつかなくて、実際にカラーで観られるようになったのは、もっと後だったと思うわ」

「テレビのある家だって、まだ限られていたもんね。五軒に一軒くらいだったかな、二軒くらいかな？」

と、ペイさんはメリーさんに訊き、

「ラジオや人の噂のほうが早かったわ」

と、メリーさんが教えてくれた。

「佃島が島じゃなくなったのも、同じ頃じゃないのかな。大っきい柱を船で運んで橋にする最新技術の工事だって話でね、おいちゃん、工事の様子を街頭テレビで観たのを覚えてるもんね。すごい時代になったなと子供心に思ったよね。カラーテレビが来たなんて聞くと珍しがって見に行って、家の人もそれが自慢で、襖《ふすま》や障子を外してさ、庭まで見物人で一杯になったよね」

「テレビが来るのは一大イベントだったのよ」

テレビが来る、なんて言い方を初めて聞いた。恵平には想像もつかない時代である。

「じゃ、柏村さんの事件のことは知らないんですね」

「駅の向こうで大きな事故があったらしいとお客さんから聞いて、お義母《かあ》さんたちが見にいったけど、人が多くて近づくこともできなかったって。うら交番のお巡りさんが亡くなったと知ったのは、それよりずっと後だったわ。身元不明の仏様が何人も出たんじゃないかしら。地方から働きに来ていた人や、日雇いの人とかね」

柏村肇も同じことを言っていた。

メリーさんは手を伸ばし、恵平の腕に触れてきた。

「お姉ちゃんお巡りさんは、柏村さんの噂を気にしてるのね」

メリーさんもペイさんも、うら交番の怖い噂を知っていて、けれど恵平には黙っていた。それはそうだ。すでにうら交番へ行ってしまった恵平にそれを告げてどうなるというのか。恵平は自分の心を覗《のぞ》いて、答えた。

「ううん、そうじゃないの。柏村さんはいいお巡りさんだし、祟《たた》られているとか、呪いとか、そういうふうには思えないけど……あの交番がなんなのか、そこは知りたいっていうのかな……うん。本当に、そこなのよ」

するとペイさんが背筋を伸ばして恵平を見上げた。

「ケッペーちゃんは警察官で、謎を解くのが仕事じゃないか。早くいい警察官になって、謎を解いたらいいと思うよ」

「でも、怖い噂が本当だったら、あと四ヶ月しか時間がないわ——」

つい矛盾したことを言う。

「——やっぱり少し気になるかも」

恵平は目をしばたたき、ペイさんは「はは……」と笑った。

「偶然なんだと思うよね。あすこへいった人が死んじゃったのは」

「偶然って、そんなに続く？」

「おいちゃんは思うんだよね。柏村さんとあの交番は、ケッペーちゃんみたいな人を探して呼ぶんじゃないのかな」

「呼ぶって怖いよ……それに、私みたいな人ってなに？」

「だから『いいお巡りさん』だよう」

ハンチングで顔が見えないけれど、ペイさんはたぶんニコニコしている。

「いいお巡りさんだと、どうして呼ぶの？」

「そりゃ、柏村さんに訊《き》いてみないと」

「訊いてみてもいいのかな……」

ピカピカになっていく靴を眺めて、恵平は呟《つぶや》いた。

「一度ね、平野先輩と相談して、訊こうとしたことがあるの。だけど、もしも私たちのことを話したら、その瞬間に魔法が解けるみたいになって、二度とこっちの世界へ戻れなくなるんじゃないかって、怖くなって、できなかった。どんなメカニズムで向こうとこっちがつながるのか、それがわからないと怖くて訊けない。だからピーチ先輩が息子さんを探してくれて、原因を探ろうとしているんだけど……少なくともオバケや幻じゃないってことはわかってきたの。息子さんが若い頃、柏村さんは平野先輩が着ているような今風のスーツを着た刑事と会っていて、それがホントに平野先輩かもしれなくて……今はまだ、そんな感じで」

ペイさんは「ふーん」と唸《うな》った。

「頭のいい人ってさ、なんでも難しく考えるよねえ」

ペイさんは感心し、メリーさんが静かに言った。

「柏村さんには救いたい人がいるから、お姉ちゃんお巡りさんになら助けられると思ったのではないかしら」

「メリーさん、前も同じことを言っていたけど、誰のことかは知らないのよね」

メリーさんは頭《かぶり》を振った。

「誰かは知らない。そんな噂を聞いただけ。でも昔、柏村さんが交番で電話しているのを聞いたことがあるわ。『本官の責任に於《お》いて某《なにがし》を救いたいのだ』って、真剣な顔でそう言ってたの。ああ、だからいつもお巡りさんは熱心に何かを調べているんだなって思ったものよ」

「誰だろう。ペイさん知らない？」

「知らないよう。おいちゃんは靴磨きだもん」

その相手こそ、柏村が救おうとした若い女性だったのだろうか。そうだとしたら、柏村は彼女を守ろうとして一緒に死んだということなのか。

いや、もしかして、と、恵平はまた思う。自分や平野がうら交番へ行くことで過去が変わって崩落事故が起きなくなるとか。柏村はそれを狙っているのだろうか。

そんなことがあり得るだろうか。そうなれば柏村も、その女性も、他の被害者も生き続け、今の自分が顕彰コーナーで遺影を見たという事実が変わる。事故は間違いなく起きたのだし、柏村は殉職したのだ……それとも自分たちがあそこへ行ったことを含めた結果が『今』なのか。考えれば考えるほど頭がこんがらがってくる。

「もう……タイムパラドックスってホントに苦手」

恵平はため息を吐く。

「前の警視総監もうら交番へ行ったでしょ。ペイさんの仮説が正しいとして、警視総監にできなかったことを、私ができると思えないんだけど」

「警視総監は前フリで、ケッペーちゃんが本番なのかもしれないじゃないか。なんたってケッペーちゃんは駅に好かれているもんね。東京駅がケッペーちゃんに味方して、柏村さんに会わせてくれているとかさ、はい、できた。ピカピカだよ」

恵平はペイさんの手のひらにお代を載せて、きれいな靴で立ち上がる。

いつもなら何人かの客が並んでいるのに、この日は次の客がまだ来ない。靴磨き代を腰から下げた袋に入れて、ペイさんはメリーさんを見た。

「婆さん。あの話、ケッペーちゃんにしてみなよ」

「あ、そうだった。神隠しってなんですか？」

恵平はメリーさんを見た。

「婆さんはねえ、ずっと心配しているんだよ」

ペイさんは、ふぇふぇふぇ、と笑う。

「誰かいなくなったんですか？　ホームレスの人？」

怖い病気が蔓延《まんえん》し始めた頃に、路上で倒れた人が救急搬送されて亡くなって、調べたら件《くだん》のウィルスに感染していたという例がいくつかあった。だから、もしかしてその人も、動けなくなっているところを病院へ搬送されたのかもしれない。

メリーさんは顔を上げ、恵平と視線を合わせた。

八十歳過ぎのメリーさんは大恋愛をして老舗《しにせ》餅《もち》店の跡取り息子と結婚したが、子供に恵まれないまま夫を亡くし、その後は夫の弟と再婚して餅屋の暖簾《のれん》を守ってきた。舅姑《きゅうこ》に仕えて看取《みと》り、二番目の夫も他界した今は、息子夫婦に暖簾を引き継ぎ、最初のご主人との思い出が詰まった東京駅でホームレスをしながら亡き夫の幻を追い続けている。昔はメリーさんが夜を過ごすY口《ぐち》26番通路のあたりに大きなデパートがあって、そこで結婚指輪を買ってもらった。そこにたまさか死んだご主人が若い姿のままで現れるのだと。

「そうなのよ……でも一人だけじゃなく、最近ホームレスの数が減っているんじゃないかしらって」

手のひらを揉《も》むようにしてメリーさんは言う。恵平は首を傾げた。

「誰かが排除してるって意味ですか？　福祉施設に移動したとかじゃなく？」

次のお客のために椅子カバーの皺《しわ》を伸ばしながら、ペイさんが言う。

「それなら婆さんも事情がわかるって言うんだよ。出ていく人は仲間に挨拶《あいさつ》していくし、行政が動いた場合は一斉排除になるからって。でも、人ってそれぞれだからさ、黙って出ていく者がいたっておかしくないよね。拾った宝くじが当たったとかさ、自分だけいいことがあった場合は、よけい仲間に言いにくいもんね」

「そういうことならいいんだけれど」

と、メリーさんは苦笑する。

「感染が怖くて東京から逃げ出しちゃったとか？」

「ケッペーちゃんはかわいくて素直だねぇ。でも、地方でホームレスやるのは無理だと思うよ。流行病《はやりやまい》でマンガ喫茶やハンバーガー屋さんや、深夜営業のお店が早く閉めるようになっちゃったから、そういうところを住処《すみか》にしていた人たちが街であぶれているんだよ。それにほら、病気がうつるといけないからさ、なかなか人とも会えないだろう？　友だちがいたって携帯電話で話すばかりで、やっぱりストレス溜《た》まるよね。それでだと思うけど、公園に人が増えたよね。でもさ、イマドキの公園ってさ、ベンチで横になれないように真ん中に肘掛《ひじか》けを付けたりさ。ホームレス虐《いじ》めをしてあるんだよ。寝る場所を探すのも大変になって、ホームレスは自分の居場所を守っているよ。

それなのに急に居なくなっちゃうっていうのはさ、そこに戻って来ないって意味だって、おいちゃんは思うんだよね」

「ほんとうに神隠しに遭ったみたいで――」

メリーさんは少し考えてから、また恵平の瞳《ひとみ》を覗《のぞ》いた。

「――突然どこかへ消えてしまうの。居場所に持ち物を残したままよ」

「具体的には誰がいなくなったんですか」

「徳兵衛さんの友だちに戸来《へらい》さんという人がいて、お酒と煙草が大好きで、時々徳兵衛さんの仕事の手伝いをしてたんだけど、一週間ほど前、いつもの場所とは違うところで眠っているのを、徳兵衛さんが見たんですって。それが最後で、そのまま消えてしまったの」

「いつもの場所じゃないところって？」

「神保町《じんぼうちょう》の路地裏で横になっていたそうよ。具合が悪いのかと思って徳兵衛さんが声をかけたら、お酒臭かったからそのままにしておいたって。でも、次の日様子を見にいったら、荷物だけ残して、いなかったの」

「荷物を残すのはおかしいもんねえ。全財産なんだから」

「確かにそうですね。その荷物はどうなったんですか？」

「徳兵衛さんが預かっているわ。夜は隣に来るはずだからと持ち帰って、それっきり」

「でも、来なかった？」

「ほかに日本橋川《にほんばしがわ》にいた人や、京橋《きょうばし》あたりの仲間もひとり。あとは若い人たちだけど、若い人ならペイさんが言うように自立の道を行ったのかもしれないから、心配はしてないの。あの人たちは携帯電話で仕事を探して移動するから」

ペイさんはハンチングを脱いで髪を撫《な》でつけ、また帽子を被《かぶ》ってこう言った。

「警察に相談したくってもさ、ホームレスだと難しいよね。何人か続くと婆さんだって心配になっちゃうし、おいちゃん、気持ちはわかるんだよね」

「友だちですもんね」

と、恵平も言う。

「オリンピックがらみの夜間工事も増えたから、夜はそっちへ働きに出る仲間もいるけど、荷物は置いていかないわ。立ち去るときは様子でわかるし、黙っていなくなったりしない。でも、見つかるのは荷物だけなの」

メリーさんの目は真剣だ。人通りの途絶えた街で何か起こっているのだろうか。

「不思議ですね……」

恵平は眉根《まゆね》を寄せて、自分に何ができるか考えた。警察官未満で、今は府中市の警察学校に籍を置く自分にできることはなんだろう。

「わかりました。これからおもて交番へ行って伊倉巡査部長に相談してみます。そうすれば、山川巡査がパトロールのときに気をつけてくれるかもしれないし。でも、もしもいなくなった人が帰ってきたら」

「そのときは、おいちゃんからお巡りさんに報告するよね」

お地蔵さんのような顔でペイさんが言う。

ようやく次のお客が来たので、恵平はメリーさんと一緒にその場を離れた。

メリーさんが饒舌《じょうぜつ》に話す相手はペイさんと恵平とホームレスの仲間たちだけだ。歩き始めるとすぐメリーさんは寡黙になって、ツバ広帽子で自分を世界から隔絶し、大きな鞄《かばん》を引きずりながら地下街のほうへと消えていった。その後ろ姿を見送りながら、恵平は東京駅おもて交番へ向かった。丸の内西署に配属されて最初の研修先となったおもて交番では、年配の伊倉巡査部長が立番《りつばん》をしていた。

「お疲れ様です」

礼儀正しく声をかけると、巡査部長は日に焼けた顔に皺を浮かべて微笑んだ。

「おう。どうした堀北。学校は？」

「日曜なのでお休みです」

平素は道を訊《たず》ねる人たちが列になることがある交番も、県外からの観光客が減った今は閑散としている。恵平は立番の邪魔をしないよう、立ったままメリーさんの話を報告した。おもて交番では駅周辺に暮らすホームレスたちを把握していて、『彼らが夜を過ごす場所の名前』でそれぞれを呼んでいる。たとえばY口26番通路にいるメリーさんは、おもて交番では『Y26番さん』だ。東京駅おもて交番に勤務しているお巡りさんは、呼称を聞けば顔も性別も年齢も思い浮かべることができるのだ。

「休日に聞き込みするとか、熱心だなあ」

伊倉巡査部長は笑っている。

「今のところ管内のホームレスに変化はないがな」

「それならちょっと安心しました。夜間の人出が絶えたから、犯罪に巻き込まれやすくなっていたら厭《いや》だなと思って——」

いつも大忙しの交番も、今日は伊倉巡査部長がいるだけだ。

「——観光客も全然いないし、通勤時も混雑してないみたいだし」

「みんな病気が怖いからな」

「そうですね」

人の流れが止まると、何もかもが停滞する。一番は仕事とお金が回らなくなる。感染症による死者と経済的困窮による死者、どっちが多くなっていくのか、考えるのも恐ろしい。

「店が閉まると空き巣が暗躍するのも事実だし、色々と面倒臭い世の中ではあるな」

巡査部長はそう言って、

「山川と洞田《どうだ》にも話しておくよ。婆さんたちが事件に巻き込まれるのは論外だが、断りなくどこかへ行ったとしても、彼らは立派な大人だしな」

「荷物を置いて行ったというのが心配なんです」

「うむ。それはな」

と伊倉は頷《うなず》き、

「とにかく、こっちのことは俺たちが気にしているから、堀北は訓練に集中して、立派に署へ戻ってくることだ」

と、腕のあたりを叩《たた》かれた。

「みんな待っているからな」

「はい。がんばります」

恵平は伊倉巡査部長に敬礼してから、おもて交番を後にした。

駅沿いに呉服橋のガード下まで歩いてみたが、『ダミちゃん』の暖簾《のれん》は出ておらず、並びのラーメン屋さんにもお客がほとんどいなかった。ウィルスに八つ当たりしたい気分をエネルギーに変え、新宿駅まで歩き続けて府中行きの電車に乗ることにした。

街を歩くと、階段や建物の外周にある小さな窪《くぼ》み、下りたシャッターと柱の角、ガード下の暗がりや公衆トイレ裏の生け垣など、ホームレスが夜を過ごしそうな場所が気になった。壁も屋根もないけれど、彼らはそこで短い夜をやり過ごす。それがどんなに心細いか、想像はできても現実には遠く及ばない。人目につかず、迷惑にならず、けれど少しでも安心して眠れる場所を探し続けて放浪し、長い孤独と不安に耐える。

新宿駅から電車に乗って、車窓の景色をぼんやり眺めた。

いいとか悪いとか、正しいとか正しくないとか、価値観の押しつけは間違っていると思うから、せめて、理解せずには判断を下さぬ自分でいたい。決める前に相手の気持ちを知る努力をしたい。それは老舗餅《しにせもち》店の大女将《おかみ》の座よりホームレスを選んだメリーさんが教えてくれたことである。メリーさんや徳兵衛さんたちホームレス同士のつながりは、深くはないが浅くもない。彼らは互いに絶妙な距離を保ちながら生き抜くための情報を交換し、ときに助け合ったりもする。場所を捨て、荷物も残してどこかへ行ってしまうのは、本当の異常事態だろうか。自分だったらどうだろう。何もかも捨てて消えてしまいたいと思うことだってあるかもしれない。ほんとうに？

想像すればするほど、恵平は答えを見失う。

急速に変化を遂げる東京が、彼らにとって住みにくい場所になっているのは確かだけれど、彼らの本当の気持ちを自分はわかれないのではとも思う。そしてすぐさま、わからないと断じてしまったら寄り添えるはずがないと考える。

車窓の景色はグングン変わり、丸の内が遠くなっていく。

頭には、ペイさんとメリーさんの笑顔が浮かんでいる。

それにしても……今や各人がスマホという情報媒体を持ち歩く時代というのに、家にテレビがない頃を二人が知っていたなんて。

遥《はる》か遠くに思えた柏村さんの時代は、まだ手の届くところにあったんだなあ。

ぼんやりと、そんなことを考えていた。

警察学校で恵平は、朝食前に構内を走り込むのを日課としている。全員で早朝マラソンする日も週に一度はあるのだが、自主的に走り込みをする学生は恵平以外にも多く、毎朝だいたい同じ顔ぶれと会っている。

ほぼ同年で受験や進学をする学校と警察学校の大きな違いは、年齢も職歴も多様な学生たちが集まることだ。そうした仲間が同じ教場で、同じ訓練にいそしんでいる。

恵平と同じ時間に一キロの内周コースを走る仲間のひとりに武光《たけみつ》という男性がいて、陸上自衛官からの転職組だ。年齢は二十九歳で、妻も子供もいるという。配属先は中央署で、丸の内西署とはお隣の管轄区になる。身長も脚の長さも体力も恵平に勝る武光は、恵平を置き去りにして悠々と先を走っていくが、恵平は自分のペースを守りつつ、虎視《こし》眈々《たんたん》と武光を追い抜くチャンスを窺《うかが》っている。

そしてコースが間もなく終わるという頃に、

「おはようございます！」

隣に並んで声をかけ、追い越して、トップを獲《と》るのだ。

「おはよう」

負けず嫌いの武光は静かに答えてペースを守り、守ったように見せかけて、ラスト数十メートルでスパートをかけてくる。恵平もそれを知っているから、彼の足音に全神経を集中する。抜かれれば負け、そうでなければ恵平の勝ちだ。端《はな》からペースを上げるのではなく、相手がどこでダッシュするのか、寸前で察知して逃げ抜ける。

タッタッタッタ……タッタッタ……。

自分と相手の足音と、背中に感じる緊張感、瞬時の呼吸。

……タッ！　その音で、恵平はさらに猛ダッシュする。武光も追い上げてくる。長身で筋肉質の武光が全力で走ると地面が躍る。恵平は体も軽いが小回りが利くから、学生棟へ戻る手前のコーナーでインを獲れれば自分の勝ちだ。いつものように突っ込んでみたが、この日はわずかな隙を突かれてインを逃した。武光に笑顔が覗《のぞ》く。恵平は歯を食い縛って追い上げたが、ついにゴールを奪われた。

「あーっ、負けたっ！」

両膝《りょうひざ》に手を置いて、喘《あえ》ぎながら武光を見上げた。敵は嬉《うれ》しそうに笑っている。嘘のない表情が清々《すがすが》しくも悔しくてならない。勝負は概《おおむ》ね七対三の割合で武光が勝つ。

「でも、明日は負けません」

「俺も負けねーよ」

そして二人で学生棟へ戻った。

警察学校の一日は、朝礼やホームルームで始まる。その後は授業と訓練が続くが、初任補修科の学生たちは落ち着きがあって余裕も見える。生の現場で様々な体験をしてきたことで、何を学ぶ必要があるのか、なんのために学ぶのかがわかっているからだ。警察官がキャリアを積むには生涯を通じて各種専門教育を受ける必要があるということも、覚悟として知っている。初任科時代のオドオドした感じはもうないし、自分に警察官が務まるのだろうかという不安も消えて、必要な知識を得たいという欲求が強くなる。運動着から制服に着替えながら、恵平は頭のなかで反芻《はんすう》する。失敗が即人命に関わる仕事を選んだからには、何よりも先《ま》ず自分の命を守ること。改めてそのことを学び直すと、丸の内西署で研修中だった自分の、なんと危うかったことだろう。反省ばかりが湧いて恥ずかしくなることもある。空回りする正義感。自制心も足りなくて、事件を解決できると思った途端、考えるより先に体が動いた。恥ずかしい。いたたまれずに目を瞑《つぶ》り、パッと開いて鏡を見つめ、手櫛《てぐし》で髪を整えてから部屋を出た。ドアを開けると、ほとんど同時に各部屋から仲間が飛び出して、きびきびとした足取りで朝礼へ向かう。一体感と緊張感がだんだん癖になってくる。それぞれはただの人間だけど、集合体として『警察官』になる感じが素直にカッコいいとは思う。『警察官』という生き物の、鱗《うろこ》になったり爪になったり、眼球や鼻や牙《きば》になる。それは巨大で強い生き物で、市井の人を守るのだ。

川路《かわじ》広場にたなびく国旗を見上げて、恵平は警察学校の今日を始める。

ゲソ痕《こん》を取る訓練は、靴跡に流し込んで固めた石膏《せっこう》の型を教官に提出し、合格をもらわなければならない。きれいな型が取れるかどうかは流し込む石膏の硬さや作業の仕方、固まったあとの外し方、石膏の厚さなど、様々な要因に左右される。気候によっても仕上がりは変わり、湿度も若干関係するが、教場で採るのはまだ容易《たやす》い。

鑑識の先輩桃田や伊藤《いとう》がやっている作業は単純明快に見えたものだが、いざ自分で型を取ると、石膏の溶き方と流し込みのタイミングが難しいとわかった。硬すぎるとゲソ痕自体を壊してしまい、軟らかすぎると土を拾って型が潰《つぶ》れる。調合とタイミングをマスターしたと自負する恵平は、得意になってゲソ痕パネルから型を外した。

「……はっ」

心臓がドキンと鳴ったのは、手先に厭《いや》な感触があったからだ。

硬さは満点。流し込みのタイミングもバッチリだった。はずなのに、奢《おご》りからか石膏を外すときにヘマをして、型にヒビが入ったのだ。厚みが足りず、タイミングもわずかに早すぎたらしい。

仲間たちは次々に仕上がった型を教官の前へ持っていく。

恵平は唇を噛《か》み、深呼吸して型を外したが、やはり真ん中あたりで割れていた。

うわあ……と一度は目を瞑り、再度仕上がり具合を確認する。

靴底の痕《あと》はクッキリと石膏に写し取られた。問題はキズだが、割れ目自体はピッタリと合致して痕を取るには問題がない。恵平はゲソ痕面を上にして、両側からしっかり型を支えた。こうしてしまえばキズは見えない。

ドキドキ、ドキドキ……実際の捜査で型に割れ目が生じた場合も、こうすればゲソ痕は確認できるはず。そう、できるはずなのだ。接合面に溝がなければ有効だ。

チェックボードを持った教官が目の前にくる。

「堀北恵平です。確認お願いします」

大声で言って両腕を突き出し、型を差し出す。

教官は石膏型を覗き込む。

マズい、腕がつりそう……自分の顔から表情が消えたような気がした。

教官の視線が動いている。眼球はねめるかのように石膏の隅から隅へ、そして型へと動いていく。ゲソ痕の特徴的な模様がしっかり写し取られているかチェックする。

溝、マーク、靴底の凹凸、輪郭に深さ。

「よし！」

「ありがとうございました！」

思ったより高い声になったのは、別の緊張が重なっていたからだ。心で冷や汗をかきながら、犯人の心理が少しわかったなと思う。

教材を廃棄したとき、罪悪感と安堵《あんど》と高揚が一緒くたになって全身を過《よ》ぎり、ズルをしたね？　と自分に問うた。していない。それは嘘か、言い訳か。それとも臨機応変か。いや、やっぱり言い訳か。

でも、もしもこれが本当のゲソ痕だったら、ヒビ割れに関係なく型を残しただろうとも思う。大切なのは同じ失敗をしないこと。石膏の厚みと型から外すタイミング。一番いけなかったのは過信して仕事を舐《な》めたこと。コツは経験を繰り返して覚えるしかないが、奢りと過信は自分で矯正できるのだから、肝に銘じておかなくちゃ。

頭には先輩桃田と、桃田よりずっと先輩の伊藤の強面《こわもて》が浮かんでいた。二人が知ったらどう言うだろう。堀北は甘いよ、と桃田に笑われ、鑑識を舐めてんじゃねえぞ、と伊藤に怒鳴られたはずである。

同じ日の夜、十一時過ぎ。スマホを使える時間を待って、恵平は自室から平野と桃田にメールを送った。武蔵野の森公園で別れたあと、東京駅でペイさんやメリーさんに会って聞いた話を伝えるためだ。

――件名：平野先輩・桃田先輩　堀北です
お疲れ様です。丸の内西署は平穏でしょうか。

先日は府中までお越し頂きありがとうございました。

当日先輩たちと別れたあと、思い立って東京駅まで行ってきました。

ペイさんとメリーさんに会って柏村さんが亡くなった事件について訊《たず》ねたのですが、二人とも情報を持っていないということでした。残念です。昭和三十五年って、まだ一般家庭にあまりテレビが普及していなかったらしいです。ビックリですよね。

私事ですが、今日はゲソ痕を取る試験があって、ギリギリアウトの手前で合格したのでモヤモヤします。もっとがんばります。　堀北——


送信ボタンを押す前にメールを読み直して、笑ってしまった。柏村の事故当時、一般家庭にはあまりテレビがなかったことしか書かれていない。なんだかなあと思いながらも、結局送信することにした。くだらないメールをよこすなと叱られそうだが、ペイさんたちに会った話をしない場合も叱られそうだ。

——お姉ちゃんお巡りさんは、柏村さんの噂を気にしてるのね——

頭の中でメリーさんが訊《き》く。

柏村さんを信じる気持ちに変わりはないが、知らないうちに命のタイムリミットが近づいていたとか、そんなことがあったらやっぱり怖い。ひとたび不安を感じると疑問が湧いて、そのことばかりが気にかかり、ますます不安になっていく。

いつだったか、平野が言った。

柏村巡査は死神なんだよ。うら交番へ行った者は、一年以内に死ぬんだってさ……現役警察官を呼び寄せる死のポリスボックスだ。

さらに彼はこう言った。

ケッペーが気にすんじゃねえかと思ってたんだよ。一年以内に死ぬなんてジンクス聞かされて、研修中にヘマしてさ、噂を実践するかもなって。

「だいたいおまえは無謀だし……」

続く言葉を口に出す。無謀なのは自分で、柏村さんじゃない。それに自分は間もなく正式な警察官になって、研修中の身ではなくなるのだ。

「うん。そうよ」

問題はそこじゃなく、うら交番へ行って一年以内に死ななかった警察官が一人もいないということだ。不安の連鎖は止められない。

恵平は大きく頭《かぶり》を振った。そのときだった。ギョッとするような音を立て、スマホのバイブが激しく震えた。恵平は、コンマ一秒で受信ボタンを押した。

「もしもし?」

「俺だ、平野だ」

いつもと同じ声なのに、いつもと違って緊張する。警察学校で受ける電話は、なぜか後ろめたい感じがするのだ。恵平は床に正座した。

「お疲れ様です。もしや当番勤務でしたか」

遅い時間なのでそう訊くと、

「ちげーわバーカ」

と、平野は答えた。

「ちょっと待ってろ?」

そして誰かと電話を代わる。きっと桃田だと考えていると、

「堀北さん? ご無沙汰《ぶさた》してます」

滑舌がよく、声が高めの男性が出た。

(誰?)と頭のなかで訊く。

「久松《ひさまつ》警察署の水品《みずしな》です」

「わあ、水品さん。お久しぶりです」

耳にスマホを当ててお辞儀した。

水品は平野と同じ駆け出し刑事で、以前一緒に合同捜査をした仲だ。その頃恵平は

桃田の下で鑑識作業を学んでいたので、水品とも一緒に現場へ出ていた。平野に負けないくらいおしゃれな男で、平野よりはソフトな印象、二人が並ぶと刑事ドラマの俳優のように思えたものだ。狭い部屋は歩くスペースしか床がなく、顔を上げると鼻先にカーテンが下がっている。

「ていうか、どうして平野先輩と一緒なんですか。あ。そうか、飲んでます？」

聞いてから、そんなはずはないと思った。飲食店の多くが深夜の営業を控えているからだ。電話は再び平野に代わった。

「んなわけねえだろ、仕事だ、仕事。月島《つきしま》警察署の応援要請で、中央清掃工場の可燃ゴミの集積プールに潜ってんだよ」

「集積プールですか？　え、なんで？」

「ゴミに埋もれた遺体の切れ端を探してんの」

恵平は絶句した。

「ピーチも忙しくなったから、『あっち』の捜査は一時棚上げ。柏村さんの資料が見つかるのを待つしかないな」

「わかりました。でも、そっちはどういう状況なんですか？」

「あー……」

と、平野は間延びした声を出す。眉《まゆ》をひそめて宙を見上げるいつもの仕草が目に見えるようだ。可燃ゴミには使用済みマスクも交じっているはずだから、捜査陣は防護服に身を包み、感染対策をしているだろう。身を守るための装備は暑いし蒸れるし、動きにくい。ゴミの集積プールなら臭いも相当酷《ひど》いはず。

恵平は手伝いに行けないことを申し訳なく思った。

「昨日午後三時過ぎ、焼却作業をしていたスタッフが遺体の一部らしきものを見つけて通報してきたんだよ。クレーンがゴミをつまみ上げたとき、髪が絡まって頭蓋骨《とうがいこつ》が半分剝《む》き出しになった頭部がぶら下がってきたんだと。それで作業を中断し、残りの部位を探すのに全域から警察官が招集されたというわけだ」

「水品刑事も呼ばれたんですね」

「若いの中心に呼ばれたんだよ。体力があるから病気にも強いと思われてんだろ」

脇で水品の声がする。

「皆さん自宅にこもっているから家庭ゴミが増えていて、焼却ラインを稼働できないと困っちゃうんですよ。収集も突然止めるわけにいかないし、ストックヤードもすでに満杯近いので」

「高層ビルの底みたいなゴミ溜《だ》めで、少しずつゴミを移動しながら人海戦術で調べてるんだが、臭いがきつくて長時間は作業できないんだよ。五十人ずつ交代でゴミプールに潜るんだけど、色々と大変なんだ。ちなみに今は休憩中な」

この臭い、落ちるんだろうな、と平野は呟《つぶや》く。

「それはなんともお疲れ様です」

恵平は同情した。

「ご遺体は見つかったんですか？」

「全部は無理だな。すでに焼却してしまった分もあると思う。あと、遺体も一人じゃないかもしれない。手首が複数、別々の靴を履いた足も出てきているし」

「死亡推定日時も違うみたいなんですよ」

心臓がきゅっと縮んだ。

「なんで……どうして複数……？」

「知るかよ。ああ、目が染みて涙が止まらねえ」

「あ。平野刑事、胴体が出たって騒いでますよ」

「マジか……じゃあなケッペー、頑張れよ」

と、平野は言った。

「はい。ありがとうございます」

スマホから生ゴミの臭いが漂ってくるようだった。目の前にあるのはカーテンなのに、見上げるほどの高さで錆《さび》とシミにまみれた鉄の壁さえ見えた気がする。それらに囲まれた集積プール。煌々《こうこう》と照らし出されるゴミの山。その中で人体の一部を探す警察官たち。なのに自分はここにいて、清潔なベッドで眠ろうとしている。

すみません、平野先輩。水品刑事も、他の人たちもお疲れ様です。

恵平はスマホを握りしめ、うずたかく積まれたゴミの合間で、腐敗汁にまみれて捜査を続ける仲間たちにエールを送った。

第三章　清掃工場殺人事件

　翌早朝。月島警察署が抱えた事件について情報を得ようとスマホでサーチしてみたが、清掃工場で死体が見つかったという報道はされていなかった。

　恵平はいつものように走り込みに出て、いつものように武光と競り合い、悔しいことにこの日も負けた。長身の武光の長い脚に半歩ほど敵《かな》わなかったのだ。

「あー悔しい、わー……悔しいっ」

　ゼイゼイと呼吸しながら、武光に背中を向けてマスクを外した。

「前は陸自にいたんだぞ、その俺に勝とうなんて十年早いわ」

　武光は言い、後ずさって距離を取ってからマスクを外した。

「基礎体力と訓練歴が違うんだよ」

「そんなことありません。私だって信州《しんしゅう》の山育ちですから、訓練歴って言うのなら、私なんか子供の頃から山を駆け回ってたし」

「そうか？　じゃ、また明日《あした》、相手してやる」

「はい、ぜひともお願いします」

武光は再びマスクを装着してから、腰に手を当てて恵平を見た。

「堀北って刑事志望か？」

突然訊《き》かれて面食らう。そういえば、同期の仲間たちはそれぞれに希望する部署の話をしている。白バイ隊員になりたいだとか、サイバーチームに行きたいだとか、拳銃《けんじゅう》を携帯したいから交番勤務を希望するという仲間もいる。

「まだ決めてません」

「そうなんだ？　てっきり刑事志望かと」

「どうしてですか、漠然と生活安全部もいいなと考えてはいるんですけど、もっと色々な部署を経験してからでもいいのかなって」

「俺は航空隊志望だよ。ずっと陸自にいたからさ、空を飛ぶのが夢なんだ」

「へえ」

恵平は目を丸くした。鑑識官とか刑事とか、お巡りさんとか白バイ隊とか、そういう任務は考えたこともあるのだが、航空機を用いて警察活動を行う部隊の所属は選択肢に入っていなかった。

「警視庁航空隊って地域部ですよね」

「そうだ。がんばらないとな」

一緒に学生棟へ戻りながら、恵平はまた訊いた。

「どうして私が刑事志望と思ったんですか？」

近い位置で歩かないよう前後に二メートルくらい離れている。

「や、なんとなく。……堀北は細いけどすばしこいし、逮捕術も得意だろ、だからさ」

配属先の希望を問われれば、『どこへ配属されてもやる気だけは負けません』と言い切る自信と覚悟はあるが、武光のように夢があるのもいいなと思う。

では、自分は本当に何をやりたいのかと自分に問えば、今はまだ、なんでもやってみたいのだ。可能ならすべての部署を渡り歩いて一番やり甲斐《がい》を感じた任務に就きたい。けれどもそれは甘えだろうか。卒業したら一人前の警察官として扱われるのに、将来のビジョンを持っていないのは遅すぎるだろうか。卒業したら卵じゃないんだ。警察官だ。改めてそう考えると、一刻も早く将来を見据えなければならない気がして緊張する。

「そうだ、そういえば堀北」

廊下を急ぎながら武光が振り返る。

「中央清掃工場で死体が出たって話、聞いてるか？」

「はい、聞きました。武光さんも知ってるんですか？」

「署の先輩からメールが来てさ、そっちへ人員を取られているから、休みに書類整理を手伝ってくれって」

「大変ですね」

と苦笑する。自分たちは学校にいるのだから、休日作業は無償奉仕だ。それでも手伝いに来いと言うなら、そもそもそれは武光がやり残してきた書類業務に違いない。

「俺はもともと書類書くのが苦手でさ」

「一緒に座学に出てればわかります。調書とか、報告書とか、間に合わなくて放り出してきたんでしょ？」

「そういうことだ」

「警察官になったら調書と報告書をたっぷり書くから、今のうちに山ほど本を読んでおけって、先輩から言われませんでしたか」

「言われたけど、活字読むのも苦手なんだよ。警察官に文系要素が必要だなんて知らなかったもんなあ」

「私もです」

身体能力が高くて正義感が強ければ、警察官には向いているだろうと考えていた。けれど現実は全く違った。警察官は公務員だから、事務仕事にも長《た》けていないと、たぶん継続は厳しいのだ。

「捜査も業務も、なにをやるのも大変だよな」

「小中高と基本的な勉強をするのって、すごく大切なことだったって、最近しみじみ思います」

ホントにな、と武光が頷《うなず》くのを見てから別れた。

朝食を取り、身支度を整えて朝礼に向かう。平野たちは仮眠をとれただろうか。シャワーで臭いは消えたのか。遺体の部位は見つかったのかな。そんなことを考えているうちに、ホームルームも始まった。

桃田から返信メールを受け取ったのは昼時だったが、恵平がそれを確認できたのは、一日のスケジュールをすべて終了した午後九時過ぎだった。予習復習の準備で自室のデスクに座ったときに、恵平はようやく桃田の返信を読んだ。

——件名：Re. 平野先輩・桃田先輩 堀北です

堀北お疲れ、桃田です。

昨夜は現場から平野が電話したってね。

今のところ、うら交番に関しては進展なしです。家にテレビがない時代って、ちょっと想像がつかないけれど、だから詳しい資料がなかったことは理解できたよ。まあ、今も昔も似たような事件が起きて、人間は学んでいないよね。

清掃工場の件だけど、事故と事件の両面から捜査するようです。初めは単純な死体遺棄事件と思われたけど、最後に全身揃った遺体が出たんだ。検死の結果、切断面に生活反応が認められたことから、生存中にゴミの集積プールへ落とされて、クレーンで傷つけられた可能性もあるなんて言ってるみたいだ。ぼくは遺体を見てないけれど、司法解剖に回されたから、追々詳しいことがわかると思う。

殺人後、遺体の処理に困ってゴミに出す事案は今までにもあったけど、その場合は生活反応がないし、切り方も、もっと細かくするからね。

今日も署員が交代でゴミに潜っているよ。　　　　桃田——

遺体処理ならもっと細かく切るなんて、エグい内容を平気でさらりと書いてくる。桃田のメールは、ゴミに埋もれて部分遺体を探していた平野や水品が現場で見たはずのものを具体的に想像させて、恵平は眉《まゆ》をひそめた。

遺体に生活反応があった？　それはどういうことだろう。被害者の体を傷つけたのはゴミを焼却炉へ運ぶクレーンのバケットということか。

でも、平野は『頭蓋骨《とうがいこつ》が半分剥《む》き出しになった頭部』と言っていた。被害者が集積プールへ落とされて、大量のゴミに埋もれてしまい、作業員から姿が見えず、バケットで損傷したということ？　バケットで頭部が千切れたり、手足がバラバラになるものだろうか。バケットをさし込んで、汲《く》み上げて、焼却炉まで運んで落とす。その工程で死亡する可能性はあっても、バラバラにはならないのでは？　それよりなにより、誰がなぜ、どんな理由で、生きた人間を集積プールへ落とすだろう。

それともまさか、自殺とか。

「誰にも迷惑をかけずに死のうとした……？」

呟《つぶや》いて、恵平は唇を噛《か》む。

生まれた瞬間から死ぬときまで、人は必ず誰かの介助を必要とする。孤独死しても後処理があり、路傍で死んでも行政の手を煩わせ、それならいっそゴミのプールで死のうとか。そんな悲しいことが起きたとは思いたくない。

恵平の脳裏を、東京駅周辺で暮らすホームレスたちの姿が過《よ》ぎる。

――最近ホームレスの数が減っているんじゃないかしら――

そしてメリーさんの言葉が浮かんだ。なんだっけ、徳兵衛さんの知り合いで、「戸来さんだ」

その人は荷物を残して神隠しに遭った。徳兵衛さんがいつもと違う場所で寝ているのを見たのが最後だったと。

恵平は桃田にショートメールを送った。

――清掃工場のご遺体ですが　身元は判明したんでしょうか――

待つこと数秒。桃田から返信が来た。

――まだだけど　なんで――

――ちょっと気になることがあって――

しばらくしてから桃田が訊《き》いた。

――何が気になるの？――

恵平は考え、結局、伝えるのをやめた。ホームレスが神隠しに遭っていると桃田に報告したとして、聞き込みに行ってもメリーさんは口を利かない。

――複数名の部位が出ていると聞いたので――

とりあえず曖昧《あいまい》に話をぼかした。次に桃田が送って来たのは、ガランとして人のいない署内の写真で、こんなコメントがついていた。

――署内は今この状態　詳しいことは平野に訊いて――

みんな出払っていて忙しいと言いたいのだろう。

「たしかに仰《おっしゃ》る通りです」

声に出して呟いて、恵平は通信を終わらせた。警察学校の寮からやいのやいのと疑問を呈しても、なんの足しにもならないし、捜査の邪魔になるだけだ。これは丸の内西署ではなく月島署の案件なのだし、殺人事件と決まって帳場が立てば、警視庁本部から精鋭部隊が送り込まれてくる。どう考えても自分ごときの出る幕はない。ホームレスの神隠しが気にかかるなら、忙しい桃田や平野に相談するより、学校にいて休みも使える自分が調べるべきだろう。

恵平はカレンダーを見た。

もう一度メリーさんに会ってみよう。会って、戸来さんが戻ってきたか確かめるのだ。いなくなった他の人についても訊いてみよう。何もなければそれでいいから。

――堀北って刑事志望か？――

頭の中で武光が訊く。

「刑事……か」

見習い警察官だからとか、刑事志望だからというのではなく、犯罪を止め、あるいは見守り、不穏な動きに注意を向けることは人として当然の行いだと考える。大好きな誰かを想って心配するのは当たり前のことじゃないか。

恵平はこの休日も外出届けを出そうと決めた。

翌土曜日の朝七時過ぎ、恵平は警察学校を出て東京駅へ向かった。調布駅のコンビニで朝刊を買って月島署の事件について調べてみたが、紙面のほとんどが感染症関連のニュースで埋まり、清掃工場の件は報道されていなかった。平野と電話で話した翌日に、【清掃工場に人体の一部】という小さな見出しの記事が載っているのを読んだが、それ以降の報道はない。わかっていたことだけど、事件というのは平等に報道されるものではないのだ。どんな扱いをされるかは、事件を取材して記事に書き起こす報道記者の熱意に左右されている。遺体は本当に複数なのか、年齢や性別はどうなのか、死亡原因は判明したのか。知りたいことはたくさんあるのに、捜査の外側に身を置くと、わかることなど何ひとつない。

座席に座って車内を見れば、乗客はみなマスクを着けて沈黙し、世界は今、変わり目にあるのだという漠然とした不安を感じた。それが当然だと思っていた『普通』の生活、通勤、通学、買い物に外食、スキンシップ、働いて糧を得て、消費しながら生きていく、そんな日常はウィルスの一撃で脆《もろ》くも崩れた。ゴミの集積プールで人が亡くなっていたわけが自死だとすればあまりに悲しく、殺人ならばあまりに惨《むご》い。恵平は折りたたんだ新聞をもう一度見たが、新たな感染者の数字ばかりが大きなフォントで並んでいた。

東京駅に到着すると北側のコンコースから屋外へ出たが、その先にペイさんはいなかった。稼げる日なのかそうではないのか、ペイさんはその都度判断して営業を決める。同じ場所で同じ仕事を七十年も続けていたら、実入りのない日は自然にわかるものだよと、歯の抜けた口で笑いながら教えてくれたことがある。

ペイさんのいない空間を見つめて、恵平は肩を落とした。

彼がいないとメリーさんの行方に見当がつかない。彼女がY口26番通路にいるのは夜だけで、それ以外は死んだご主人の面影を探して周辺を歩き回っているからだ。

「そうかー……わあ、どうしようかな」

右を見て、左を見て、東京駅を振り向いた。

メリーさんがどこにいるか、知ってる？

もちろん駅舎は答えない。改札を抜けた人たちが恵平を追い越して、それぞれの場所へと消えていく。ドーム広場へ戻って丸天井を見上げると、天井に羽ばたく八羽の鷲《わし》の、輝いて見えた一羽の行く手に方向を定めた。

コンコースを出たあとは、駅舎に沿って歩き始める。先《ま》ずはときわ橋公園のほうへ、そこから日本橋へ出て神保町へ行き、戻る感じで八重洲《やえす》方面へ向かってみよう。

徳兵衛さんが泥酔した戸来さんを見たのはどのあたりだろう。路地裏も飲み屋街もいくらでもあるからわからない。

昼前の飲食店街は閑散として、営業時間短縮の貼り紙があり、テイクアウトの注文を承りますという文言が目に入る。リモートワークになったビジネスマンが多いので、平日のランチも売り上げが落ちているだろう。ダミさんが宅配弁当を始めたのは戦略として正しいのかもしれないけれど、あそこの焼き鳥が食べられないのは本当に辛《つら》い。鶏《とり》を焼く煙で全身を燻《いぶ》されながら、カウンターに置かれる料理やビールを味わう至福が恋しくてならない。

街は人通りがとても少ない。

得体の知れないウィルスを恐れて、人々が外出を控えているからだ。まもなく日本橋に出ようというところで、恵平は立ち止まる。

そうか。むしろ徳兵衛さんには会えるかも。普段はとれない休みをこういう機会に社員に取らせる会社もあるから、大忙しだった町工場も、土日は休んでいるかもしれない。恵平は徳兵衛さんを捜してみようと決めた。

手近なコンビニで飲み物とパンを買い、恵平は日本橋のガード下へと踵《きびす》を返した。

二〇〇四年あたりを境に都内のホームレスは減る傾向にあるという。同年、東京都は二年間という条件付きの住まいを提供し、就労を支援する『公園等生活者地域生活移行支援事業』を開始した。これにより生活保護の申請がしやすくなって、路上生活者の数が減ってきたという。住む場所を失う理由は様々ながら、ひとたび路上生活になってしまうと普通の生活に戻ることが至難であるのは事実だ。万人が持っているはずの生きる権利は、実は特権なのだなと思う。目に見えないウィルスがこうも容易《たやす》く万人の日常を奪うと知ればなおさらだ。

徳兵衛の根城へ向かって歩いているとき、スマホのバイブが受信を告げた。

平野からショートメールが来たのだった。

――月島署の件だが　やっぱ捜査本部が立つってよ――

恵平は立ち止まり、返信した。

――殺人事件だったんですね――

――比較的新しい死体が手足を粘着テープで縛られていたんだよ――

「テープで……」

声に出して呟《つぶや》いた。確かにそれなら殺人だろう。

――ご遺体は複数だったんですよね――

――三体かな　いまのところ――

――死因は判明しましたか――

――交通事故かも　体中の骨が折れていた――

それはどういうことだろう。手足を縛って車で轢《ひ》いて、死体をゴミ捨て場に遺棄したなんて。それとも死体の手足を縛り、ゴミに隠して捨てたのか。

そう考えていたときに、死体を売買する闇の組織があった話を思い出した。多くの家にテレビがなかった柏村の時代には、重篤な病を治すのに人体を薬餌《やくじ》とするよいという迷信がまことしやかにささやかれ、墓を暴いたり、酷いときには殺人を犯して人体が売買されていたのだ。そんな話は大昔のことだと思っていたら、つい最近、恵平たちは『ターンボックス』と呼ばれる組織がネットを使って嬰児《えいじ》の遺体を取引していた事実を突き止めた。それを何に使ったのか、全容は解明されていないのだが、まさか使えなかった遺体をゴミに出したなんてことがあるだろうか。

「まさか」

と、恵平は自分を嗤《わら》った。

普通に考えて死体遺棄に失敗したと思う方が自然だろう。殺人を犯す。そのあと死体の処理に困って、収納ボックスなどの大型ケースに入れてゴミに出し、見つからずに焼却できる予定がクレーン操作で箱が開き、死体が外に飛び出したとか。

「うーん」

恵平は眉《まゆ》をひそめて頭を掻《か》いた。腕にかけたコンビニの袋が、耳のあたりでガサガサと鳴る。それもなんだか普通すぎる。

――ご遺体の身元は判明したんですか――

――部分遺体は男女二人と聞いているけど　腐敗が激しくてDNAしか検出できない　新しい遺体は男性で　年齢は六十歳前後　衣服を身につけていたから身元が割れるとしたら彼だろう――

――私　日本橋に来てるんですよ――

そう打ち込むと、既読のようだが返事は来ない。恵平はしばらく待ったが、リアクションがないので歩き始めた。

丸の内も、日本橋も、どんどんきれいに新しくなっていくなと思う。三年くらい前までは、千代田区《ちよだ》でも高架下の裏小路《うらこうじ》にタイムスリップしたようなバラック建ての一角があったけど、ＪＲが耐震補強工事を進めるなかで消え去った。ある日気付くとアルミの仮囲いに覆われていて、それが外れた頃には、あの光景は夢だったのかと思うほど跡形もなくなって、時代の終わりを目の当たりにしたような気がしたものだ。

徳兵衛の根城は時代に乗り遅れた隠れ小路などではなくて、車や人の往来があるガード下トンネルの真ん中あたりだ。屋外で夜を過ごそうと思ったら、雨風が防げて車の往来も人目もある場所のほうが安全だからという。

風除《かざよ》けの段ボール箱、地面の冷たさを遮断するスノコや毛布や着替えなど、一切合切を台車に載せて、徳兵衛は移動する。昼は町工場で働いて、夕方、食料を確保してから公園などで時間をつぶし、人通りが絶えた頃に戻ってきて、街灯もないガード下の歩道に巣を作る。

夜明け前までそこで眠って、また荷物をまとめて移動するのだ。

ガード下トンネルのそのあたりは昼でもけっこう薄暗い。人も普通に歩いているが、煉瓦《れんが》壁に寄り添うように置かれた台車や荷物は見えない振りをして行き過ぎる。

歩道の脇を車も通る。助手席の人が物珍しそうに眺めていくことはあっても、運転手は頓着《とんちゃく》しない。道端に暮らしている人は、壁からはみ出た配管パイプや排水設備のようである。違和感を覚えても関心を示す者はない。それが普通だ。

恵平が来てみると、徳兵衛の家財道具は台車にロープで括《くく》られて、いつもの場所に置かれていた。入口からも出口からも一番遠い真ん中の、路面が緩やかに傾斜して、排水口と排水口の間で地面が濡《ぬ》れない絶妙な位置だ。姿はないが、荷物がここにあるということは、今日は工場の仕事がなくて、本人も近くにいるというわけだ。

日本橋周辺は空間として無駄がない。人の行き来は激しいし、どこもきれいに整備され、路肩や往来に人が長い時間溶け込めるような場所は少ない。大都会の真ん中であてどなく時間をつぶすのがどれほど大変か。ましてやそれが日本橋なら、どれほどに肩身が狭いか、恵平は想像がつく。

だから徳兵衛がいられる場所は、選択肢として多くない。

恵平はトンネルを抜け、青銅の獅子《しし》と麒麟《きりん》が運河を見下ろす日本橋へ走った。

証券会社の立派なビルのすぐ脇に運河観光船の船着き場があって、道路から下がったところが石造りの広場になっている。『滝の広場』と呼ばれるこの場所は、江戸時代には罪人の晒《さら》し場だった。

晒し場がひっそりしているなんて、洒落《しゃれ》が利いているだろう？　と、いつか徳兵衛さんが言っていた。そこから河を眺めていると、浮世の憂さも晴れんだよと。

観光船も休止中だし、彼がいるならそこだと、恵平には確信があった。瑞々《みずみず》しく葉を茂らせた桜と柳を目印に、青銅の獅子が見張る石段を下りていくと、はたして船着き場へ行くエレベーター昇降口の、湿って薄暗い一角に、作業着を着た老人が佇《たたず》んでいた。都内では路上喫煙をする人がめっきり減ったというのに、体から白く煙がたなびいている。

「受動喫煙防止条例違反で五万円以下の過料ですよ」

毅然《きぜん》とした声で言うと、徳兵衛はアタフタと煙草をもみ消し、吸い殻を作業着のポケットにねじ込んだ。それから恵平を振り返り、

「なんだケッペーちゃんか、脅かすない」

と、文句を言った。徳兵衛はマスクもしていない。途中で消した吸い殻を、もう一度吸えないだろうかとポケットから出して調べている。恵平は笑ってしまった。

「脅かしてなんかいないでしょ。ここは喫煙所じゃないし、私は警察官の卵だよ」

「違《ちげ》えねえ」

徳兵衛は吸い殻を再びポケットに入れた。

「んじゃなにかい、俺ぁケッペーちゃんに逮捕されちゃうってか」

「そんなことしないけど、条例違反で警察官の卵を困らせちゃダメ」

はいはいと言いながら、徳兵衛はポケットから出したしわくちゃのマスクで口を覆った。

「徳兵衛さんの顔を見に来たの。聞きたいこともあったしね」

「俺の顔を見に来たって？　嬉《うれ》しいこと言ってくれるねえ」

恵平は、コンビニ袋を持ち上げた。

「パン買ってきたから、一緒に食べよう」

石階段の前後に離れて座り、水が流れるモニュメントを見ながらパンを出す。

「ジャムパンとクリームパンとアンバタサンドとソーセージパンがあるけど、どれがいい？」

「俺ぁソーセージとアンバタがいいなあ」

恵平はパン二つとおしぼりと、牛乳のパックを彼に渡した。

「食べたらゴミは頂戴《ちょうだい》ね。帰りにゴミ箱へ捨てて行くから」

「お行儀がいいんだねえ」

言いながら、もうバリバリと袋を破いている。昼には早い時間だが、日陰にいると川風が爽《さわ》やかだ。日本橋を行き来する人は多いが、広場へ下りてくる者はない。観光客がいないからだろう。

「徳兵衛さんは大丈夫？　仕事が減ったりしていない？」

「減ってるよ。減ってるけれど、増えてもいるよ」

「それどういう意味？」

訊《き》くと徳兵衛は「うへへ」と笑った。

「仕事自体は減ってるし、いつ回復するかもわからないんだよ。だからこんな時間にさ、こんなところにいるんじゃないか」

ソーセージパンを頬張りながら、指についた脂を舐《な》めている。そんな速さで食べたら味がわからないんじゃないかと思う。

「でもさ、人がやりたがらない仕事ってえのは増えてんだ。安くてきつくて難しく、納期もない仕事がさ」

「うわサイテー」

「本当に最低だよな」

思わず口にしたサイテーという言葉が徳兵衛を傷つけたのではと心配したが、彼はかまわずこう言った。

「ま、職人ってのはよ、難しいのはプライドにかけてなんとかするんだ。納期もよ、手馴《てな》れた仕事であればおっつけられる。ただ、それで安いっていうのはなあ」

足下見るよな……と、ブツブツ言った。

「ほんとうだね」

「でもよ、なんでも悪く考えていちゃあダメなんだよな。だからさ、そういうのを逆にチャンスと思ってよ、あぶれてる若いのに声かけて、仕事に誘ってみたんだけども。ほら、磨いて油をとるとかさ、数えて箱に詰めるとか、そんな手伝いしながら仕事を覚えて手に職つければ、ゆくゆく自立できるだろ？」

そう言いながら徳兵衛は、着ている上着の前を開いて、コルセットよろしく腹に巻き付けている固そうな布を叩《たた》いた。

「それはなに？」

訊《たず》ねると「きしし」と笑う。

「これかい？　これは道具だぁな。仕事に使う、俺っちの、専用道具が入ってんだよ」

それは特注らしき帆布の袋で、一見すると腹巻きに思える。

板金工や旋盤工が使う道具は大工のそれほど多くはないが、刃物や治具《ジグ》など自分の手に合うように手作りしているのだと言う。

「すごい。道具って自分で作れるの？」

恵平が目を丸くすると、

「当たり前だよ、職人だもの。そもそも世の中に出回っている道具はさ、みんな誰かが作ったものだろ？」

「機械で作るんだとばかり」

「そりゃそうだけど、機械が作る前にはさ、誰かが手作りしてんだよ。それをもとにして大量生産するわけだから、なんでも初めは人が手で作るんだ。俺たちみたいな町工場の職人がよう」

と、得意げに鼻をこすった。

「こりゃ職人の魂だ。俺は家がねえからよ、肌身離さず持ってるんだよ。いい仕事をするにはさ、いい道具を使わねえとな。俺っちの財産だ」

「徳兵衛さん、かっこいい」

素直に言うと、徳兵衛は照れて話を戻した。

「だからさ、一生懸命に修業をすれば、おもしれえことも、満足も、なんか、そういう仕事の醍醐味《だいごみ》ってもんが得られるじゃあねえか。ま、それで金になるのかと聞かれると、辛《つれ》ぇところもあるんだけどさ。でもあれだ。いい若いもんが、こんな生活してちゃダメだって。若いうちはいいけど、必ずみんな年取るんだから」

恵平はジャムパンを袋から出した。子供の頃はジャムパンに見向きもしなかった。ジャムパンと惣菜《そうざい》パンを比べたら、マヨネーズや動物性タンパク質の魅力が勝っていたというだけなのだが、警察の仕事をするようになって考えを改めた。パンとイチゴジャム、そして冷たい牛乳の取り合わせがどんな幸福をくれるのか、知らなかった自分は馬鹿だと思うほど、空腹に食べるジャムパンは美味《おい》しい。冷えた白い牛乳もマストである。小麦色に焼けて表面が油で少しだけ照り照りしているパンを二つに割ると、透明で赤いジャムが顔を出す。甘さで表面が輝くジャムは、いつまででも眺めていられる。早くもパンを食べ終えて指を舐めている徳兵衛に、恵平は言った。

「ジャムパンも美味しいよ。徳兵衛さん、食べてみて」

袋から出ていない分を彼に渡した。もっと栄養を取って欲しいと思ったからだ。徳兵衛さんにはずっと元気でいて欲しい。そしてこの街にいて欲しいのだ。

恵平は大口を開けてパンを噛《か》み、すかさず白い牛乳を飲む。イチゴジャムの甘さに小麦の優しさ、そして牛乳の冷たさが、もう。

「うわー。ああ、ね、美味しいでしょ」

「そうかあ?」

徳兵衛もイチゴジャムを口から出迎え、牛乳を啜《すす》った。

「ま、普通のジャムパンだけど、旨《うま》かったかもしんねえな、うん。いつものパンより旨かった。ケッペーちゃんが旨そうにしてるから、釣られちゃったな」

そんな徳兵衛を可愛いと思う。自分よりずっとオジサンだけど。

「それで？　その若い人はどうなったの？」

「どうにもこうにもなるもんか。中途半端でふてくされたような仕事して、怒鳴ったら出てってそれっきりだよ。しばらくはトンネルの反対側にいたけどな、いつのまにかいなくなったよ」

徳兵衛は少し離れた場所にいる恵平を見た。恵平はクリームパンを食べている。

「今の若いのってあんなかね？　見習うって言葉は、もう死語かい？」

「死語じゃないよ。私は見習い警察官だもの」

「違《ちげ》えねえや」

と、彼は笑った。所詮《しょせん》ホームレスの言うことを、若者は聞いてくれないのかと、自分を嗤《わら》うような仕草であった。

「私さ、丸の内西署に配属されるまでジャムパン食べたことがなかったんだよ」

恵平は話題を変えた。

「惣菜パンのほうが好きだったけど、刑事はアンパンやジャムパンを買うのよね。食べやすくて音がしなくて長持ちするから。それで初めてジャムパンの美味しさに目覚めたの。アンパンも好き。クリームパンも、今は大好き」

徳兵衛は、「なるほどねえ」と頷《うなず》いた。

すでにジャムパンも食べ終えて、アンバタサンドは懐に入れている。

「こっちはおやつにもらっていいかい？」

「いいよ」

クリームパンもほっこり美味しい。モニュメントを流れ落ちる滝の音、頭上を走る車の音、風が街路樹を撫《な》でていき、遠くでクラクションの音がした。

「俺に訊きたいことがあるんじゃねえのかい」

両膝《りょうひざ》の間で手を組んで、徳兵衛が訊く。恵平はクリームパンを食べ終えて、コンビニの袋にゴミを入れ、立ち上がって彼のゴミを回収した。

「うん。あのね、戸来さんっていう人のこと。その後帰ってきたのかなって」

「メリーの婆さんから聞いたんだろ」

飲み干した牛乳パックをつぶしながら、徳兵衛は真面目な顔でそう言った。

「婆さんも心配してくれてんだけど、ダメなんだ。そのままだ」

「荷物もそのまま？」

「そう。まだ俺が預かってんだよ。根っから真面目なヤツだから、連絡もナシにいなくなるなんてあり得ない。さっきの話、仕事に誘って何とかなりそうだったのは、戸来さんだけだったんだよ。ヤツは神経質でまで、てなんだ。つまり仕事が丁寧ってことだな。だから、いい旋盤工になれると思う。酒飲みなのが欠点っちゃ欠点だけど、黙って約束を破ったりはしないんだ。次の日も仕事を頼んでいたからさ……道に倒れていた人が感染症で死んだとか、そういう話も聞くから心配でさ」

恵平はマスクをし、徳兵衛から少し離れて同じ段に腰を下ろした。

「ペイさんは神隠しじゃないかって」

「うん。そうなんだ。少し前、炊き出しに行って思ったよ。顔ぶれが大分変わってさ、若いのが結構来てたよな」

「炊き出しに？」

徳兵衛もマスクをし、「うん」と大きく頷いた。

「炊き出しって言ってもさ、こういうご時世だから『お持ち帰り』なんだよな。並んで袋に入ったやつをもらうんだけど、顔ぶれは変わったね。若えのが増《ふ》えたよな。正規雇用がないからね、なんて言えばいいのかな。若えのが仕事や住処《すみか》にあぶれるなんて、なんか、どっか変だよな」

「数が減ってるわけでもないのかな。メリーさんはホームレスの数が減っているって言っていたけど」

「減ってはいるかもしれないな、年寄りがね。まあ、俺も年寄りだけど」

恵平は心配になって徳兵衛を見つめた。

「徳兵衛さんは腕もあるし、働いてるし、支援だって受けられるんじゃ……」

彼は虚《むな》しく「ははは」と笑った。

「ケッペーちゃんには見えてない分があるんだよ。支援支援って言うけども、提供される部屋がどんなか知ってるかい？」

答えられない恵平に徳兵衛は眉尻《まゆじり》を下げ、

「飯場《はんば》とかタコ部屋って聞いたことあるかい？　ねえだろうなあ。余裕のない人間が押し込まれる場所ってのは、どこもそれなりに厳しいよ。それが証拠に路上へ戻る仲間もいてさ、まあ、それはほら、ケッペーちゃんのせいじゃないからよ」

眩《まぶ》しそうに空を仰いだ。なにか続きを話すのだろうと思って待ったが、何も言わない。一緒に上を見てみたが、建造物に切り取られた窮屈な空があるだけだ。

カラスの影が小さく過《よ》ぎった。

「徳兵衛さん？」

促すと彼は恵平に視線を移し、

「俺っちの心配はいらねえよ」

と、優しく言った。

「ただ、戸来さんのことはさ、胸騒ぎがしてんだよ」

「どうして？」

「どうしてって、人がホントに神隠しに遭ったみたいに消えてなくなるなんてことはないからよ。戸来さんは青森の出で、めっぽう酒が強いんだけど、酒乱じゃないし、泥酔するほど飲んだりしない男なんだよ。まあ、泥酔するほど酒が買えないってのもあるんだけどさ、あいつが道端で寝るなんて……それに荷物をさ、残して行くなんてあり得ないんだよ」

徳兵衛は俯《うつむ》いて、指のささくれを剝《む》き出した。指先が機械油の色に染まって、爪は黒くなっている。

「荷物がないと困るから？」

「うーん……まあ、それもあるけどなんつーか」

徳兵衛は眉根《まゆね》を寄せた。

「普通の人はホームレスの持ち物なんかガラクタだと思うかもしれねえけどさ、荷物ってのはあれなんだ。とどのつまりは最後に残った財産っていうかさ、俺の腰道具みてえなもんで、上手《うま》く言えねえけど、あれだよ、ええと」

「荷物以上のものなのね？　お守りでもあり拠《よ》り所でもあるみたいな？」

「ケッペーちゃんは上手いこと言うな」

徳兵衛は笑った。

「それがあったら、なんてぇか、まだそこにいてもいいんだなって、そんなふうに思うというか……わかんねえだろうなあ、普通の人には」

わかる気もするけれど、それは『気がする』だけなのかもしれなくて、恵平は黙っていた。

「あん時もさ……妙なところで寝ていやがるなと、ほんの一瞬、思ったんだよな……もっと本気で起こしてさ、連れて帰ればよかったなあ」

「具体的にはどこで寝てたの？　メリーさんは神保町の路地裏と」

「そうそう。俺が行ってる町工場のほうなんだ。モツ煮屋とかおでん屋とかがあるあたりだよ。荷物を電柱の陰に隠してさ、小便引っかけられそうなところにね。次の朝に通ったら、荷物だけあって本人がいないんだ。で、近くに居るもんだとばっかり思ってたらさ、帰りにまだ荷物があったんで」

「それで持ち帰ってあげたのね」

「どっかへ本人だけ収監されちゃったんじゃないかと思ったからね。帰って来たとき荷物がなけりゃ寂しいじゃないか」

「でも、帰ってこないんだ……」

恵平は深呼吸して、

「戸来さんってどんな人？」

と、訊《き》いてみた。

「どんな人って言われてもなあ」

「年はいくつぐらいなの？」

「どうかな……俺よりちっとは若いのかなあ。互いの歳なんか聞かないからね。ま、ホームレスは老けて見えるから、案外さ、六十前後ってところじゃないのかな」

——新しい遺体は男性で　年齢は六十歳前後　衣服を身につけていたから身元が割れるとしたら彼だろう——

平野のメールを思い出す。

「徳兵衛さんが見たときは、どんな服装で寝ていたの？」

「どんなって」

徳兵衛は記憶を辿《たど》るように眉根を寄せた。

「紺色の作業着に茶色っぽいダウンベストだったかな。あとボロボロのスニーカー。毛糸の帽子を被《かぶ》ってさ、イマドキ毛糸って思うかもだけど、地面で寝るには具合がいいんだよ。頭にケガをしやすいからね」

「戸来さんが寝ていた場所って、車が頻繁に通るとこ？」

重ねて訊くと、徳兵衛は笑い出した。

「なんだよケッペーちゃん、本物の刑事さんみたいじゃねえか」

「もう。そうやって茶化してもダメだからね。知ってることをちゃんと教えて」

恵平は、彼が交通事故に遭った可能性を考えていた。

徳兵衛さんはため息を吐き、

「……ケッペーちゃんだけだよな、そうやってさぁ、俺たちの話を真剣に聞こうとしてくれるのは」

ごま塩頭を掻《か》きながら、今度は真剣な目をして答えた。

「狭っちい路地裏だもの交通量なんか全然ないよ。車はすれ違いできないし、入って来るとしてもゴミ収集車くらいのもんじゃないの？　飲食店のゴミが出るから」

川面《かわも》でパシャンと魚が跳ねた。微《かす》かな音と光る水面《みなも》に、恵平は脳天を貫かれたような気がした。恐ろしい閃《ひらめ》きが過ぎったからだ。

「徳兵衛さんが彼を見たのって何時頃なの？」

「夜八時……いや、九時すぎだったかな？　もっと遅いか……あの日は急ぎで数物の受注が舞い込んで、工賃に色つけてもらったんだよ。俺がいないと品物を納められないからさ。ブツは次の朝イチで社長が納めに行くって話で、だから十時過ぎだったかもしれねえな。時間は見ちゃいなかったよ。でもさ、店はみんな閉まっていたから、やっぱり十時過ぎだったんだろうな。ほら、今は遅くまでやってる店がないからさ」

「じゃあ、人通りもなかったのよね」

「うん。なかったよ」

「誰かが救急車を呼んでくれた可能性は低いのかな」

「道端の酔っ払いに救急車なんか呼ぶもんか。邪魔にならないところにいたし」

「戸来さんって特徴ないの？　身長はどのくらい？」

「どのくらいって……俺とそんなに変わらないよ。俺より痩《や》せてるくらいでさ」

姿勢が悪いせいかもしれないが、身長百六十四センチの恵平よりも、徳兵衛は低く思える。

「黒子とか、痣とかは」

「んー……小鼻にイボがあったかな。うん、あった、右に小豆《あずき》くらいのイボが」

情報を頭にインプットしていると、徳兵衛は恵平のほうへ身を乗り出した。

「なんだい、心当たりがあるのかい」

恵平は頭《かぶり》を振った。

「先輩たちに話して気にかけてもらおうと思って。友だちだもん心配だよね」

徳兵衛は「へへへ」と笑った。

「友だちかってぇとどうかな。ただ荷物がね、俺が持ち帰っちまったしさ」

「こんなふうになっちゃうと、色々と心配なことが多いでしょ」

「世界がどう変わろうと、ホームレスにゃ関係ねえってうそぶくヤツもいるけどさ、そこはお互い様だろ。今は世界中がおんなじように心配しているんじゃないの？　疫病は金持ちも貧乏人も見境ないから」

こういうとき恵平は自分にできることの少なさに悶々《もんもん》とするが、ただ悶々とするしかないのがまた悩ましい。

「戸来さん、早く帰ってくるといいのにね」

「ケッペーちゃんが気に病むこたぁないよ。それに、あんたは警察官の見習い中で、昔で言うなら『小僧』じゃねえか。小僧のときは大事だよ。仕事を必死に覚えなきゃならないってのに、余計な心配増やしてさ、怖い上司に叱られないか、俺はそっちのほうが心配になるよ」

恵平は思わず徳兵衛の膝《ひざ》に手を置いた。警察官は市民を守るべきだけど、実際は自分も彼らに守られている。平野の上司が言っていた。どんなにがんばっても刑事が捜査に寄与できるのは四割程度で、残りは民間人の協力なんだと。そういう意味で、こうした時世で起きる犯罪は検挙が難しいかもしれない。人々が家にこもって外に出ず、目撃証言も得にくくなると思われるからだ。

「私、いま府中の警察学校で学生やってるの。卒業できたらようやく一人前になるんだよ。一人前の見習いね」

「それもメリーの婆さんに聞いたよ。あれだろ、警察学校って規律が厳しいんだろ？」

「厳しいよ。今日も行き先とか用事とか帰る時間とか、ちゃんと書類を出して来たんだよ。それを破ると懲罰だから」

徳兵衛は「ひゃあ」と唸《うな》った。

「昔の軍隊みたいなもんかい？」

「軍隊のことは知らないけど、警察官だから自分の言動には責任持たなきゃいけないの。あと、学生でも警察官なんだから、有事に連絡が取れないと困るでしょ」

徳兵衛は目をシバシバさせて恵平を見た。

「そんな大事な時なのに、戸来さんを捜しに来てくれたんだろ」

「捜すにしても戸来さんを知らないから、徳兵衛さんに会えてよかった」

「俺もだよ」

と、徳兵衛は言う。くしゃくしゃのマスクから鼻が出て、目が笑う。日に焼けた顔に皺が似合っていて、ああ、こんなふうに年をとれたら素敵だなと、恵平は思った。

「マスクはちゃんとしなくちゃダメだよ。鼻が出てたら効果がないから」

ゴミだけ持って立ち上がり、「じゃあまたね」と手を振った。

石段を駆け上がって天辺《てっぺん》から振り向くと、徳兵衛は恵平に背を向けたまま、運河のほうを眺めていた。彼らの背中を眺めるときは、切なさにせり上がってくるものがある。痩せていく肉や肩の線、猫背に老いが忍び寄るさまに亡くなった祖父や郷里の祖母を重ねてしまう。いつまで路上で暮らすつもりか。自分にはそれが合っているのだと言う人たちの、苦しみの部分をこそ共有させて欲しいと願ってしまう。けれど彼らは語らない。語ってもらえる自分になれたらと思うけど、実際は難しい。恵平は空を見上げてから滝の広場を離れ、日本橋を渡った先で平野にメッセージを送った。

――お手すきのときでいいので電話をもらえませんか――

そのまま通りを歩き出す。戸来さんは青森出身。年齢は六十歳前後、小柄で痩せ型、右の小鼻に小豆大のイボがあり、失踪《しっそう》当時の服装は上下紺色の作業着に毛糸の帽子、茶系のダウンベストでボロボロのスニーカー……聞いたことを忘れないように頭のなかで繰り返す。髙島屋《たかしまや》の脇へ入った時に、スマホが鳴った。

「はい。堀北です」

俺だ、平野だ。と、くぐもった声がした。

「ケッペー、勝手になにやってんだ。無駄にウロウロしてんじゃねえよ」

「すみません」

と謝ってから恵平は言った。

「月島署の事件のことですが」

目の前にあるのはお洒落《しゃれ》なカフェで、まばらにお客の姿が見える。真っ昼間なのにビールが運ばれていて、それを待つ客から視線を逸《そ》らした。

「新しいご遺体の特徴って聞いてますか？」

「あ？　なんで」

と、平野は言った。

「死因は交通事故かもしれないと、先輩、言ってたじゃないですか。体中の骨が折れていたって」

「だから?」

促されて恵平は唇を噛《か》む。こんな推理をするなんて、自分はなんて酷《ひど》くて厭《いや》なヤツなんだろうと考える。胸のあたりがサワサワ波打ち、スマホを押し当てた耳に汗をかく。美しい歩道ブロックを見下ろして、恵平はため息を吐いた。

「なんだ、どうした? 言ってみな」

「あの……」

顔を上げ、向かいのカフェでビールを呑《の》んでいる客を見た。

「先週メリーさんから聞いたんですけど、ホームレスの数が減っているって」

「ああ、伊倉巡査部長に話したろ、でも、駅周辺は異状ないってさ」

「メリーさんの友だちに徳兵衛さんっていたじゃないですか」

「ネギが好きなおっさんだろ? 板金工の」

「はい。その知り合いに戸来さんという人がいるんですけど……」

頭で失踪日を計算する。話を聞いたのが先週で、そのときにはすでに失踪していたわけだから、

「……二週間以上音沙汰《おとさた》がないらしいです。徳兵衛さんが神保町の路地裏で酔っ払って寝ているのを見かけた翌日、荷物を残して消えたって」

「おまえは何を言いたいんだよ？」

平野は訊《き》いた。

「集積プールで見つかったのが戸来さんだったらと心配なんです」

「なんで？」

「徳兵衛さんに会って戸来さんの特徴を聞いてきました。男性で、年齢は六十歳前後、身長は……」

「ちょっと待て」

平野は場所を移動したようだった。捜査資料と照合するつもりなのだろう。

「失踪時の着衣は紺色の作業着に――」

平野が続ける。

「――あとスニーカーだったな？　右側の小鼻脇にイボがある」

「どうですか？」

「ビックリだ。合致してるよ」

別れたばかりの徳兵衛の、善良そうな笑顔を想った。日に焼けて皺深い顔、機械油にまみれた指先、しおたれた背中。台車に積んだ家財道具も。

恵平はスマホを握る手に力を込めた。

「それと、死因についてなんですけれど」

そう言いながら目を閉じた。これから口にすることが、どんなに酷いか考えながら。

「被害者はゴミ収集車に巻き込まれて亡くなっていた、ということはないでしょうか」

「はぁっ？」

平野は素《す》っ頓狂《とんきょう》な声を出した。

「どうしてそう思うんだよ」

「ただの閃《ひらめ》きなんですが、戸来さんは路地裏に荷物を残して失踪していて、そこは車の往来ができない道で、入ってくるのはゴミ収集車くらいじゃないかと徳兵衛さんが言ったので……」

「泥酔して寝ているあいだにパッカー車へ積み込まれたってか。誰がなんの目的で、そんなつまらねえことをするんだよ」

「わかりませんけど……なんだか閃いてしまっただけで」

「酔っ払いを移動させようと車に乗せた？　そのまま忘れて事故になった？」

「わかりません」

「まさか悪意でやったと思ってるわけじゃないよな？　んなことしたら、関係者に絞られて、すぐ犯人がわかるじゃないか」

「そうですけど」

「……それとも誰かが悪戯《いたずら》で……？」

平野はしばし沈黙したが、敢《あ》えて口に出さない心の内はわかっていた。

もしも犯人が本当に、悪意の殺人をしたのなら……相手は生きた人間だぞ、そんなこと、許されていいわけないだろう。

恵平もそう思う。怒りを抑え込んだという声で、平野は訊いた。

「うちの署にも被害者の遺体写真が来てるけど、徳兵衛さんに確認を頼めるか？　死後すぐってわけでもないし、人相も変わっているから、見てもわかりにくいかな」

そして再び口をつぐんだ。死因を知れば遺体の惨《むご》たらしい姿は何重もの意味を含むことになる。ホームレス仲間にそれを見せれば、彼らの尊厳を著しく傷つける。

平野はそれをためらうのだろう。恵平も同じ気持ちだ。

「何かで照合できるといいんだが、身元が判明しそうなものは何も見つかってないからなあ」

身元が判明しそうなもの……。

恵平は頭をひねり、そしてまたも閃いた。

「DNAはどうでしょう。先輩、言ってましたよね？　新しいご遺体はともかく、部分遺体はDNAしかないって」

「ん？　その人物のDNAは手に入るのかよ」

「戸来さんの荷物は徳兵衛さんが預かっています。その中にDNAを検出できる品があるかもしれない。毛髪とか、汗とか」

「そうか、そうだな。荷物をこっちへ持ってこられるか？」

「徳兵衛さんに頼んでみます」

「よし。俺も月島署に電話してゴミ収集車を調べてもらう。車は基本毎日洗浄、内部は定期的に分解洗浄するらしいんだが、こんな状況で家庭ゴミの量が急増していて、通常通りの業務は行えないんだよ。押しつぶすときゴミ袋が破裂してマスクやティッシュが飛び出すことがあるから、内部は汚染されてるかもしれないだろう？　収集作業員も感染に恐々としていてさ、臭いのきつい投入口の周りは洗っても、内部は怖くて自力で洗浄できないんだ。逆に不幸中の幸いで、血痕《けっこん》や毛髪が発見できるかもしれない。怪しい車を限定するから、その人が最後にいた場所を教えてくれ」

「神保町の路地裏の」

「調べて具体的な住所を知らせろ。周囲の防犯カメラ映像を押さえる」

「わかりました。確認でき次第メールします」

通話を終えると、恵平は再び徳兵衛の許《もと》へ走った。

第四章　被害者たちが遺したもの

滝の広場で、またもこっそり煙草を吸っていた徳兵衛をつかまえて、近しい署で身元不明の遺体が発見されたが、特徴が戸来さんと似ていることを伝えた。

確認のためにDNAを採取したい。荷物を貸してくれないかと頼むと、徳兵衛は無言でガード下まで歩いていって、暗がりに置かれた台車から、グルグル巻きにしたロープを外した。しっかり縛っておかないと、心ない者に台車を倒されたとき、荷物が周囲に散らばって通行人に迷惑をかけてしまうと彼は言う。仕事道具は身につけているので、代替の利く荷物は置きっぱなしにすることもあるんだなどと、遺体のことには一切触れず、仕事の話を熱心にする。

「俺らの仕事は神経使うし、一瞬で全部ダメになっちまうきつい仕事でよ、向き不向きがあるんだよ。ちっとこう、頑固なところがないと辛《つら》いっていうかさ……」

ロープを外す手を止めて、そっと戸来さんの名前を出した。

「そういう意味じゃ、戸来さんは見込みがあったし、旋盤工に向いていたよな。ときたま顔出す怠け癖さえなければさ……プツンと糸が切れるっていうか、たまーにさ、何かの拍子に、全部が嫌になっちゃうんだろうな。理由なんてないんだよ。理由がないから、こっちも振り回されちまう。俺ぁせっかく社長に口きいて、仕事をもらって来たってのにさ、前の晩には喜んでがんばりますなんて言ってたくせに、当日になったら来ねえんだもんなあ」

さっきと同じ話をする。

「しれっと行方をくらましちゃうんだ。でも、三日もすると帰ってきたんだ。徳兵衛さん、悪かったねえ、急に熱が出ちゃってさ……なーにが熱だよ。ガキじゃあるめえし、大人が知恵熱なんて出すもんか。だからあれは言い訳だ。色々考えすぎて怖くなっちまうんだよ。やりもしねえで怖くなる」

逃げてばっかいやがってよぅ、と、徳兵衛は首をすくめる。

台車の取っ手にロープで縛った段ボールや毛布の間に、汚れたリュックが隠してあった。誰かが台車に興味を持っても、積まれているのはゴミばっかりだと思わせたいのだ。いや違う、ゴミじゃない。恵平は頭で自分を戒めた。でこぼこに変形した雪平《ゆきひら》鍋《なべ》や、茶色くなった手ぬぐいや、クシャクシャに丸めたレジ袋の束は、すべて彼の生活道具だ。

「はいよ。ヤツが置いてった荷物だよ」

渡されたリュックを抱えると、底の部分に四角いなにかが入っていた。

「貴重品もこの中に？」

「どうかな。俺ぁ中身を見てねぇからさ」

外側からまさぐると、文庫本のようだった。

「本が入っているみたい。資格を取る勉強とか、してたのかしら」

「本は好きで読んでたよ。旋盤工は目が大事だし、暗いところで本なんか読んでると、目が悪くなるって言ったんだけどよ、やめないんだよ」

徳兵衛は再びロープで荷物をグルグル巻きにしながら、

「……その……なんだ……他の署で見つかったってぇ人が戸来さんじゃなかったら、返してくれな、その荷物」

と、モゴモゴ言った。

「サンプル取ったら返しに来るね。今から署に持ってって、ＤＮＡを採取したら持ってくるから」

「そのＤなんたらっていうのはさ、そんなにすぐに採れるものかい」

「検出は無理だけど、サンプル採るのはすぐだから。採取したサンプルを科捜研や機関に送って検査してもらうんだけど、二、三日で結果が出るから知らせるね」

「厭《いや》な話なら知りたかねえなぁ」

徳兵衛はロープを台車の取っ手に巻き付けて力任せに引っ張っている。毛布が潰《つぶ》れ、段ボールが歪《ゆが》んでも、かまわずに締め上げている。やりきれないのだ。

被害者の身元は知らなきゃならないけれど、DNAが戸来さんと一致しなければいい。どんな死に方をするにせよ、ゴミ捨て場に遺棄されるなんてあんまりだ。恵平が考えていると、突然徳兵衛はこう言った。

「さっき話した若えの《わけ》だけどよ――」

誰のことかと考えているうちに先を言う。

「――無事仕事に就いたらしいや」

それで、徳兵衛が工場の仕事を紹介したホームレスのことだとわかった。怒鳴られてプイッといなくなったという若者のことを言っているのだ。

「そうなんだ、よかったね。町工場へ戻ってきたの？」

徳兵衛は顔を背けて手を振った。

「さっきわざわざタクシー使って会いに来て、『オッサンまだ路上にいんのかよ』って……いつまで路上で暮らすつもりだって、俺が怒鳴ったのを皮肉ってやがんだ」

そして懐から潰れた煙草をひと箱出した。

「恵んでやるって、野良犬に骨やるみたいに投げてった……煙草に罪はねえからさ、ありがたくもらっておいたんだ」

かけるべき言葉を失って、ただ立ち尽くす恵平をその場に残し、徳兵衛は台車を転がしながら、ガード下トンネルを出ていった。

出口の先は燦々《さんさん》と陽が降り注ぐ街であり、ガラゴロと台車を鳴らして去って行く老人の後ろ姿は、やはり光からはみ出たように見えるのだった。


久しぶりの丸の内西署は、入口に『感染防止のためにできること』なるポスターが貼られていた。立番《りつばん》の警察官もマスク姿で、私服の恵平を止めようとしたが、警察手帳を出そうとすると、誰か気付いて通してくれた。

土曜は事務方の半数が休みだが、それを差し引いても署内はガランとしている。署員同士が密に接触しないよう、普段使っていない部屋などにも分散して業務を行っているからだ。

備え付けの消毒液で手指を消毒し、恵平は組対の部屋へリュックを運んだ。突き合わせた机と机が島状になった組織犯罪対策課の部屋は、島のひとつに平野が立って、電話で誰かと話している。他の刑事は出払っていて、時計を見るとちょうど昼時になっていた。恵平は書棚の前に立ったまま、平野が通話を終えるのを待ったが、

「堀北お疲れ、こっちだよ」

誰かに呼ばれて振り向くと、鑑識の部屋から桃田が顔を出していた。

「それが失踪者《しっそうしゃ》のリュック？　中を見た？」

どうやら桃田にはすでに話が通っているようだった。

「いえ。まだ見てません」

「入って」

桃田はドアを押さえて鑑識の部屋へ恵平を入れた。

鑑識の部屋もガランとしている。入口すぐにテーブルがあって、一時的に証拠品を置いたり、撮影するのに使う。恵平はそこにリュックを載せた。

「パッカー車を使って殺したって？　すごい発想だね。どこから出たの」

手袋を装着しながら桃田が訊《たず》ねる。恵平も鑑識用の手袋をはめた。

「手順通りに写真を撮るから、リュックを開けたら口を押さえて」

「わかりました」

桃田は撮影技官でもある。集めた証拠が証拠品として機能するように、すべての画像を残しておくのだ。テーブルに載せたリュックの脇に日付と要項をメモしたプレートを置き、先《ま》ずはリュックそのものを撮る。桃田の許で研修を積んだ恵平は作業手順を覚えている。てきぱきと品物を回し、リュックを開いて撮影し、中身をひとつずつ取り出しながら、また撮影する。口元まで詰め込まれていたのはレジ袋に入れた下着類で、汚れから汗や体液のサンプルが採れると桃田は言った。

「お手柄だね」

その下には巾着《きんちゃく》入りのアメニティグッズが入っていた。支援団体がホテルの持ち帰り品などを集めて希望者に配るものである。携帯電話や財布などの貴重品はない。他には丸めたレインウェア、使いかけの風邪薬、古いお守り、靴下に指なし手袋、皺《しわ》だらけのタオル、固まったチューインガム、外れ馬券に……桃田が写真を撮るのを手伝いながら、恵平はついにリュックの底から、文庫本二冊を引っ張り出した。どちらもすでにカバーはなく、表紙もすり切れてボロボロだ。表紙が見えるように二冊を並べ、クルリと巻き上がってくる紙を透明なアクリルプレートで押さえた。

一冊はダニエル・キイスの『アルジャーノンに花束を』。

動物実験で賢くなった白ネズミのアルジャーノンと、自らもそうなることを望んで脳手術を受けた知的障害を持つチャーリイの物語だ。

もう一冊はリチャード・バックの『かもめのジョナサン』。

ただのかもめであることを受け入れられず、ひたすら飛行技術を追求し続けたジョナサンの物語だ。

「ふーん……へえ」

と、撮影しながら桃田が唸《うな》る。

どちらもベストセラーだし、恵平もあらすじ程度は知っている。自分以外の自分になることをひたすら模索し続けた主人公たちの物語。外れ馬券や、靴下や、食べられないガムと一緒にそれらの本が並んでいるのを、恵平はじっと眺めた。

そのとき胸に浮かんだ気持ちは、軽々しく言葉にできない。戸来さんのリュックの中には確かに彼の人生の一部があったと思い、チャーリイやジョナサンが求めたものを、戸来さんがどう感じていたのだろうと考えていた。

最後はすべてを並べて撮影すると、桃田は採取キットを恵平に渡して、DNA検査用のサンプルを採るよう求めた。恵平は汗が付着している下着などからほんのわずかずつ布地をもらい、カプセルに収めてラベルを書いた。

「荷物は徳兵衛さんに返さないといけないんですけど」

「わかってる。すぐ伊藤さんに確認して書類を通すよ」

次に桃田は皺だらけのタオルに照明を当てて、絡みついた毛髪や体毛をピンセットで拾った。それぞれをビニール袋に入れると、マジックでメモをしてサンプルケースに収納する。こちらもDNA鑑定に回すのだ。

「あとこれさ、追加で聴取したい場合はどうすればいいかな。堀北は学校だから、さすがに捜査に加われないよね」

「そうですね。すみません」

恵平は考えた。

「最初の情報はメリーさんですが、聴取を試みてもメリーさんは口を利かないと思います。でも徳兵衛さんなら」

「応じてくれそう?」

赤いフレームのメガネの奥から、桃田は恵平を見て訊《き》いた。

「大丈夫だと思います」

「じゃ、平野に行ってもらうかな。リュックも平野に返してもらおう」

「今日中に戻すのは無理ですか?」

「どうだろう。やるべきことはやったから、問題ないとは思うけど、伊藤さんが食事から戻ったら確認するよ」

「お願いします」

頭を下げたときノックが聞こえ、平野が部屋へ入ってきた。

「どうだ、DNAは採れそうか？」

と、いきなり訊く。

「体毛、毛髪、あと汗も採れたと思うから、大丈夫だよ」

桃田が答える。

テーブルに広げたリュックや、その中身は、番号を振った紙と一緒にビニール袋に入れられている。もう食べられないガムも、丸めた銭湯の入浴券も、外れ馬券もだ。通常はそのまま段ボール箱に収納して返すのだが、徳兵衛には持ち込んだ状態にして返すのが筋だろう。そんなことを考えていると平野が言った。

「月島署の捜査本部に電話したら、ケッペーと同じことを考えていたヤツがいたそうだ。すでにパッカー車を手分けして調べ、排出板に毛髪と皮膚片がくっついているのを発見したってさ」

恵平は顔をしかめたが、桃田は冷静にこう訊いた。

「排出板？　回転板じゃなく？」

「どう違うんですか」

と、恵平が訊く。腰に手を当てて平野が答えた。

「ゴミを収集するとき、投入口で回転しながらゴミを荷箱へ押し込んでいくのが回転板。回収が終わって清掃工場に着いたら、車は回転板ごと投入口を押し上げて、圧縮されたゴミを荷箱から押し出す。押し出しに使われるのが排出板だ」

わかった？　と、平野は訊いた。

わからないので曖昧《あいまい》な顔をしていると、桃田が絵にして教えてくれる。それでようやく理解ができた。ゴミ収集車は投入部が蓋《ふた》のようになっていて、ゴミを排出するときにはその部分が回転板ごと上部へ開くのだ。ゴミがどう収集されて、どう排出されるのか、詳しく考えたことはなかったなと、改めて思う。

「じゃ、被害者は投入口の回転板に巻き込まれて亡くなったわけじゃないんですね」

「たぶんそういうことだろう。巻き込まれていたら洗浄済みの回転板からも血液反応が出たはずだからな」

「巻き込まれなくても体中の骨は折れるのか」

桃田は興味深そうに呟《つぶや》いている。

「ちなみに機械の重さは二トンもあって、四トントラックベースのパッカー車が一度に積めるゴミの量は二トンだけなんだとさ。満載すると工場へ行き、荷箱を空にして、また収集に向かうんだ。あと、終業時に全車の荷箱が空かというと、あながちそうでもないらしい。最後に回収したゴミの量や時間によってはそのまま残すこともあるようだ」

「じゃあ、被害者は投入口を押し上げた状態で荷箱に入れられたってことですね」

「操作はボタンひとつだからな。プレス圧は相当で、検死の結果、直接の死因は胸を圧迫されたことによる窒息死だとわかった。パッカー車で殺されたんじゃないかという推理は東大の検死官がしたらしい。骨折については生活反応のない部分もあって、そっちは集積プールで損壊したものだろう。血液反応が出た車は複数台あって、被害者がどの車に乗っていたかは調査中だと言ってたな。DNAが一致して死体がホームレスのものだとわかれば、最後に彼がいた周辺を動いた車が特定できて、担当した作業員もわかるはず」

「その人が犯人ってことになるんでしょうか」

「可能性の一つとしてはアリだけど、本当にそうならあまりにずさんな犯行だよね」

桃田は首を傾げている。

「たしかにな」

と、平野も言った。

「とりあえず、こっちでDNAを採取してると、先方には話しておいたよ」

「それに被害者は三名でしたよね？　他のご遺体もホームレスだった可能性はあるんでしょうか」

恵平が訊くと平野が答えた。

「今のところ殺人とわかったのは一名で、他二名は死体遺棄事件かもしれないけどな、一応その話もしておいた。捜査会議にかけるそうだ。パッカー車に血液反応があったといっても、人間の血かわからないんだ。生ゴミには色々交じっているからな」

「被害者が間違って潜り込んだって可能性は、ないんだよね？」

桃田は首を傾げている。

「どう間違ったらゴミ収集車の荷箱に乗るんだよ」

「たまたまハッチを開けていたときに、何か欲しいものが見えたとかさ、酔っ払っていたから判断がつかず、荷箱にいたのに気付かれないでハッチを閉めてしまったとか」

「可能性はありますよね。でも、ハッチって収集中に開けるものですか？」

考えてから、平野が言う。

「機械に何か挟まったとかさ、可燃ゴミにスプレー缶が混入していて爆発したとか、不測の事態が起これば開けるかもしれないけどな」

「不測の事態が起きた場合は収集作業員が近くにいるから違うよね」

「そうだよな、それじゃ、やっぱり作業員が犯人ってことになっちまう。まあ、それも可能性のひとつではあるが、そんなにわかりやすい犯行をするかなあ」

「何がどうなってそうなったんでしょう」

恵平が難しい顔で首を傾げていると、平野が苦笑した。

「それを調べるのが仕事だろ。あとさ、他に消えたホームレスってのも、DNAが手に入らないかな」

「他の失踪者《しっそうしゃ》については、徳兵衛さんではわからないんです。メリーさんを探したんだけど見つからなくて」

「そっちは月島署がやるんだよね」

「そうだけど、情報があるなら、と思ってさ」

テーブルの周りで話していると、昼食を終えた伊藤鑑識官が戻ってきた。ベテランの伊藤はコンパクトながら肉付きのいい体軀《たいく》と刈り上げた髪、強面《こわもて》ながらクリクリとした目が、昔流行《はや》ったモンチッチというキャラクターに似ている。日に焼けて浅黒い

肌をして、物言いもぶっきらぼうだが、真面目で腕のいい鑑識官だ。桃田や平野といる恵平に気がつくと、

「よう、堀北」

と、眼力のある目を細めた。

「どうした。学校サボってんのか」

「土曜で今日はお休みです」

「ばぁーか、んなこたわかってんだよ」

俺だって冗談くらい言うんだぞと、伊藤はブックサ言いながら、テーブルに広がった品物を見た。

「なんだあ？」

代表で桃田がDNAを採取した経緯を説明し、持ち主にリュックを返していいかと聞いた。

「証拠品でもねえただの協力品だもんな。もちろん写真も撮ったんだよな」

「撮りました」

桃田と恵平を交互に見てから、

「いいだろう」

と、伊藤は言った。

「返してやんな、大切な財産だ」

「ありがとうございます」

恵平はビニール袋や紙を外して、最初からそうだったように、品物を順番にリュックに詰めた。

「あと、あれだ。失踪したホームレスのことについては、喋《しゃべ》らねえ婆さんに訊《き》くより支援団体を当たったほうが早いんじゃねえかな。支援団体には定期的に巡回している担当者がいるからな」

「どうするケッペー」

と、平野が訊いた。

「電話するなら手伝います。もしもですけど、あれが悪意の殺人だったら許せません」

「違《ちげ》えねえ」

伊藤は頷《うなず》き、資料室を使えと平野に告げた。

もちろんこれは正式な捜査ではない。ではなんなのかと問われれば、

「メリーさんという民間人から寄せられた情報の検証だよね」

と、桃田は言った。

「それだって立派な警察業務だよ」

都内二十三区でホームレスを支援している団体は、実はあまり多くない。千代田区や丸の内に限ればその数は数カ所にも満たず、連絡はすぐついた。

そしてわかったのは、ホームレスの数が減っているというメリーさんの実感を共有する者はいないということだった。

「炊き出しや物資の配布に並ぶ人の数はむしろ増えていると思いますが」

「若い人や身ぎれいな人が増えた印象です。なかにはスーツ姿の人も」

どの団体も同じことを言う。

ギリギリで路上生活をせずに済んでいた人たちが感染症さわぎで屋外に押し出されてしまったのだ。人が減ったという感覚はない。むしろ増えていると彼らは言った。

「やっぱりメリーさんを捜して訊くしかないですね」

恵平がそう結論を出したのは、午後四時を過ぎた頃だった。

「だけど彼女は堀北としか話さないよね？　堀北は学校じゃないか」

「ペイさん通して訊くのはどうかな――」

平野も言う。

「――伝言ゲームみたいだが、それなら話が通るんじゃないか」

「そうですね……終電後ならY口の26番通路にいるってわかっているのに、私が話を聞きに行けないのは歯痒《はがゆ》いです」

「ちょっと待ってよ、いま閃《ひらめ》いた」

桃田は突然指を立て、その指でメガネフレームの中央を押し上げた。

「Y口の26番通路。うちの署は駅周辺のホームレスを把握してるよね」

「そうだが、だから？」

と、平野が訊いた。

「だからだよ。うちの署以外も同じように把握しているかもしれないだろう？」

「だから？」

と、平野はまた訊いた。

「鈍いなあ。堀北はいま警察学校へ行ってるんだよ。そこには警視庁の各署から、警官の卵が集まっているよね」

「あっ」

恵平は手のひらに拳《こぶし》を打ち付けた。

「同期の仲間に確認してもらうんですね？」

「そういうこと」

桃田が人差し指を恵平に向ける。眉尻《まゆじり》が下がって、微笑んでいるのが想像できた。

「各署の生活安全課に問い合わせれば、相応の情報が入るんじゃないのかな。仲間の協力を仰げれば」

「そうですよピーチ先輩。武光さんといって中央署から来ている同期がいます」

「悪目立ちしないように気をつけてやれよ」

と、平野も言った。

「はいっ！」

「だからそれ。水を得た魚みたいな目はやめろ。まだ死んだのがホームレスとも、他の被害者がそうだったともわかっていないんだからな」

「はい。でも、もしも失踪者がいたとして、その人たちの持ち物などからＤＮＡを採取できれば、身元不明のホトケさんのＤＮＡと照合することができますね」

「まあ、そうだけどさ」

そういう平野の腕を桃田が叩《たた》いた。

「堀北は止まらないよ。ぼくらも可能なことはすべてやってみようじゃないか」

「そうやって集めた情報を月島署に渡すんだな」

「捜査本部は月島署にあるので、当然ですよね」

恵平は素直に言った。

何がどの署の手柄になるのか、もしくは個人の手柄になるのか、そもそも『手柄』という感覚はなかった。心の大半を占めているのは、ゴミ捨て場に遺棄された遺体の無念と、それをやってのけた人物の闇だ。故意の犯行だったというなら細胞レベルで怒りを感じる。そして犯人の気持ちや動機を知りたいと思うのだ。

「ケッペーはそろそろ帰れ」

平野が恵平を見て言った。いつの間にか午後四時を過ぎていたからだ。

警察学校では外出届けを出して外出を許可される。なんのためにどこへ行き、何時に戻るなど行動を申請し、受理されてから構内を出る。正確な情報を記して遵守するので、自らが提示した門限を破ることは許されない。恵平が届け出た帰寮時間は午後七時三十分だが、リュックを日本橋まで届けに行って、新宿から府中に向かうと、それだけで二時間近くはかかってしまう。タイムリミットが近づいていた。

「早く行け。何かわかったら連絡するから」

「徳兵衛さんによろしくね」

と、桃田も言った。

「はい」

恵平は戸来さんのリュックを抱え、平野と桃田に頭を下げた。そして心でこう思う。丸の内西署が好きだ。東京駅を含む立地と、そこに集う人たちが好きだ。仲間も好きだ。一人前の警察官になって、早くここへ帰ってこようと。

戸来さんの失踪《しっそう》に心を痛めた徳兵衛は、いつもの場所にまだ帰っていなかった。引いていった台車もなくて、恵平は途方に暮れた。この日は炊き出しやお弁当配布の情報もないし、結局はメリーさんの姿も見かけなかった。ポツンポツンと人が通るだけのガード下トンネルは、夕日の下ではさらに暗くて、夜間に徳兵衛の段ボールハウスが置かれる場所はむしろ真っ暗と言っていいくらいだろう。

「どうしよう……」

リュックを抱えて考えてから、ポケットをまさぐってコンビニのレシートを取り出した。朝にパンと牛乳を買ったときのものである。煉瓦《れんが》壁を下敷きにして、ボールペンで字を書いた。下がゴツゴツしているので小学生だったときより下手くそな字になった。

——徳兵衛さんへ

リュックを返しに来たけど会えなかったので持ち帰ります。大切に保管しておくので必要になった場合は連絡ください。誰かに届けてもらいます。連絡がなければ来週末にまた来ます。体大切にしてください。恵平――

それを壁際の地面に置いて、重しに小石を載せておく。通行人ならゴミだと思い、徳兵衛ならメッセージに気付くはず。それからタタタ！　と足踏みをして、再び丸の内西署へダッシュした。もしも戸来さんが帰ってきて、すぐにリュックが必要になったら、自分は届けに来ることができない。だから平野にリュックを預けようと考えたのだ。三丁目あたりから八重洲方向へと走り、八重洲口から地下道へ入って、早足で署へ向かう。時間はどんどん過ぎていく。

ようやく丸の内西署へ戻ったとき、平野や桃田の姿はなかった。

当番勤務だという伊藤に事情を話して、

「堀北はバカがつくほど正直者だな」

と、笑われながらリュックを預け、再びダッシュで署を飛び出した。

走りながらスマホで時間を確認すると午後五時を過ぎたところだ。時間内に学校へ戻るには十分で、それがわかったとたん、もう走れなくなる。

恵平は肩で息をしながら通りを歩いた。走り疲れたので東京駅から電車に乗ろうと思い、地下道の入口を探した。近代的なビルが建ち並ぶ界隈《かいわい》は、戦後から絶え間なくどこかの場所が工事をしている。折り重なる摩天楼の地下で、柏村が殉職した崩落事故は起きたのだ。一見すると頑丈で永遠に立っていられそうに見える構築物の寿命は案外短い。地上も、地下も、どれほどに容貌《ようぼう》を変え続けているのだろうと不思議に思う。高い建物なんかない故郷は、お祖父《じい》ちゃんのそのまたお祖父ちゃんの時代から同じ山と同じ川が流れている気がするけれど。

初めて東京へ来たときのように景色を眺めて歩きながら、恵平の足は柏村肇が語った場所へと向かっていた。

——新国際ビル、新東京ビル、新有楽町ビル……父が死んだ崩落現場は、たぶんそのあたりの地下ですよ——

その場所へ来てみると、

「やっぱり」

恵平は足を止め、目の前に小さく開いた地下道入口を仰ぐ。

いつの時代の忘れ物かと思うような傷み具合。天井は低く、地下へ降りる階段はコンクリートで、染み出した地下水で変色し、ある場所は盛り上がっている。天井を支える鉄のアームは錆《さ》び付いて、照明機具はライトの両端が黒ずんで、今どきはほとんど見ない蛍光管を使っている。

「うわあ……」

と声を上げたのは、この地下道入口を日中に観察したことがないからだった。

ここを初めて見つけたのは東京駅おもて交番に赴任したばかりの頃だ。寒空のメリーさんを心配して風邪薬とビタミン飲料をY口26番通路に届けたあとで、夜だった。ひと目見るなり女性に危険な地下道だと思い、試しに足を踏み入れたのだ。

そしてうら交番へ行き着いた。

そのときは、二十一世紀の時間軸にうら交番が存在すると信じて、疑いもしなかった。あまりにレトロな建物の仕様も、まったく不思議に思わなかった。東京には昭和を思わせる古い建造物や、時代がかった一角が、今も存在するからだ。うら交番へ迷い込まない限り、この地下道は東京駅を経由して東京メトロ有楽町駅までつながっている。まだ日が高く、どちらを向いても健全な『現代』だ。

恵平は迷うことなく階段を下りた。

地下道入口は陽が射して明るい。夜間は明滅している照明も蜘蛛《くも》の巣が張り付いたまま沈黙しており、足下はヒビが入ったコンクリートの階段だ。下りると狭い通路が延びて、薄暗い照明と足元灯が点《つ》いている。人影はなく、カーブして見えない先へと地下道は続く。立体横断施設もなければ、交差点も、信号機もないので、地上より早く東京駅に行き着ける。タク、タク、タク、タク……アールになった天井に、官給の靴が床を踏む音が響いた。同じトーンで続く壁は染み出た地下水で所々が錆色になって、なぜか小便の臭いがする。ジジ……ジジジ……時折照明が小さく唸《うな》る。

数十メートルを歩くうち、地上の明るさを忘れていく。

――父が死んだ崩落現場は、たぶんそのあたりの地下ですよ――

柏村肇の言葉が脳裏を過《よ》ぎる。その場所が地下道になったのだろうか。この道のどこかで柏村さんは死んだのか。無念を抱いて、誰かに何かを伝えなければと思いながら。だからこの地下道は、人をうら交番へと誘《いざな》うのか。そんなことを考えていると、

「うそ……」

恵平は足を止め、数歩先に見えてきた地上への出口をじっと見つめた。

階段に煙草の吸い殻が落ちている。床にこびりついたチューインガム、その先には潰《つぶ》れた紙コップと、舟のかたちに折りたたんだアイスクリームのカップも落ちている。

「なんで？」

恵平はスマホを出して確認した。アプリのアイコンは画面にあるが、反応しない。

時刻は00：00となり、通話を試みても圏外になる。屋外での喫煙が禁じられた令和の今は、地下道に煙草の吸い殻が落ちていることは少ないし、前時代的な模様がついた紙コップにはオレンジジュースを飲んだ跡がある。

うら交番へ行った者は一年以内に命を落とす。気にしていないと言いながら、恵平は足がすくんだ。望まないのにうら交番へ導かれたかもしれないと、そう感じたら怖かった。しかも今は自分一人だ。ゆっくり階段の下に立ち、地上を見上げた。

夜である。

大きく息を吸い込んで、しっかりしろと自分に言った。署を出たときは午後五時過ぎで、東京駅から帰るつもりで地下道に入った。階段を上がらずこのまま先へ進んでしまえば、東京駅に出るのではないか。でも、もしも、それが昭和の東京駅だったらどうしよう。地下道も有楽町まで続いていなくて、戦後の東京駅に取り残されたら？　側溝の水に浮かんだ吸い殻にフィルターはなく、吸い口部分がつぶされている。ニコチンが水に溶け出して、吸い殻の周囲に茶色いシミが広がっている。

どうするの？　と、恵平は自分に訊《き》いた。

柏村さんは人の死を望む人じゃなく、勇敢で真っ直ぐな人だと信じています。怖い噂と柏村さん、どっちを信じるかと聞かれたら、裏が取れていない噂なんかより、柏村さんを信じます。

いつだったか、平野にそんな意味合いの啖呵《たんか》を切ったが、今はその真意を自分が問い質《ただ》されている。

「どうして私を交番へ呼ぶの？」

拳《こぶし》に握った手を胸に当て、恵平は階段を見上げた。

このまま地下道を進んでも、その先でうら交番に出る気がした。予想は確信に近いもので、呼ばれているのだと恵平は思った。理由はわからないけど、うら交番に呼ばれている。柏村さんの助けたい人を助けるために呼ばれている。一年以内に死ぬジンクスを破るには、その人を助けることが大切なんじゃなかろうか。

階段を見上げて恵平は、心の中で呟《つぶや》いた。

それは誰？　私なら、その人を助けることができるというの？

床に固まったガムを踏みつけ、恵平は階段を上った。

第五章　東京駅うら交番

うら交番へ行き着くときは、階段下から空気が違う。

二十一世紀の東京は、居酒屋の換気扇が吐き出す煙に埃《ほこり》が混じったような臭いがするが、昭和の空気はそれとは違い、鉄や板塀、あるいはドブなどの臭気に胸を衝《つ》く風の匂いが混じっている。仰ぎ見るほどに育った故郷のヒマラヤスギや、その上で瞬く星の匂いだ。恵平にはわかっている。階段を上りきった先の光景が想像できる。

一段ごと、頭上に近づく蛍光管、埃のからんだ蜘蛛の巣の周囲を羽虫が飛び交って、その上から密《ひそ》やかな夜の匂いが落ちてくる。タイヤを軋《きし》ませて通り過ぎる車の音、昭和の展示館でしか聞かないような歌声もする。前に来たとき気がついた。交番の隣に『みんなのラジヲ』と看板を掲げた電気店があるのだ。

最後の一段を上りきり、恵平は大きく息を吸い込んだ。

地下道を出るとそこは歩道で、車道の向こうに古くて小さな交番がある。地面から腰の高さまで石造り、それより上は焼き煉瓦《れんが》ふうのタイルが貼られ、細長い窓がある。凝ったデザインの窓枠は木製、入口ドアも白く塗られた木製だ。入口上部にアーチ型の庇《ひさし》があって、丸くて赤い電球がひとつ灯《とも》っている。屋根は銅葺《どうぶ》き、交番の名前は彫金だが、緑青《ろくしょう》が吹いて読みにくい。

交番は高架下にめり込むように立っていて、脇を通路が走っている。通路を挟んだ向かいがラジヲ店で、すでにカーテンが閉まっていたが、歌謡曲が漏れている。

昭和何年何月あたりに来たのだろう。コンクリートの隙間に生えた雑草は青く細長い。真夏でも、冬でもないことだけは確かだ。

珍しくも交番の入口は閉じていて、けれど通路に自転車が止めてある。柏村は訪問者が入りやすいよう入口を開け放っていることが多いから、詰めているのは別の警官かもしれない。すでに柏村が殉職した時代に来たなんてことが？

意思と関係なく翻弄《ほんろう》されるうら交番との付き合いに、恵平は唇を嚙《か》む。落ち着こうと胸に手を置き、メリーさんにもらったお守りの厚みを感じながら、そんなはずはないと自分に言った。柏村さんがいないなら、交番に呼ばれるはずはないのだと。

聞こえてくる歌謡曲を恵平は知らない。恋人を亡くした男性が、色を失《な》くした花びらに想いを寄せて切々と悲哀を歌っている。メロディーだけの昔の曲は、歌詞がダイレクトに心に響く。両手のひらをズボンで拭《ふ》いて、シャツの袖口《そでぐち》を引っ張って、恵平はドアをノックした。

「こんばんは、堀北ですけど」

留守だろうかとも思ったが、間違いなく柏村の声がした。

「開いているから入りなさい」

内部は昭和レトロな造りである。あまりに狭い空間に柏村が使う机がひとつ。周囲に寄せ集めの椅子が三脚置いてある。

そのひとつに着物姿の青年がいたので、恵平は目をパチクリさせた。日常着としての着流しはテレビなどで観て知ってはいたが、着用している人は初めて見た。帯の上下で着物がはだけて、ボタン付シャツと股引《ももひき》が見えている。青年は裸足《はだし》に下駄をつっかけていて、異国の人を見るような目を恵平に向け、

「あ。いや、これは……」

と慌てて立って、前を合わせた。

「あまりにモダンで外国の少年かと……いや失敬」

だらしない格好でいたことを恥じている。

「いえ、こちらこそ突然すみませんでした。お話の最中だったのに」

「きみもお茶を飲むかね？　飲むだろうね」

と、柏村が訊く。机の向こうで立ち上がり、恵平の返事を待たずに奥へ行く。

交番は奥に二畳程度の宿直室があって、台所機能を備えている。トイレの手洗い場程度のシンクにガスコンロがひとつ。柏村はそこで湯を沸かし、ほうじ茶を淹《い》れてくれる。恵平が礼を言ったとき、すでにヤカンを火にかけていた。

青年は再び椅子に座ったが、大きく脚を開くので、やはり股引が丸見えになる。たぶんこれがこの時代のポピュラーなのだと納得し、すり切れた別珍《べっちん》貼りの椅子を引き寄せて勝手に座った。ショートカットで、トレーナーにデニムパンツ、黒い靴を履いた令和の自分は、この時代の人からは少年に思えるのだなと考えていると、

「ぼくと名字が同じですねえ」

青年が突然言った。

「え」

「自分は堀北清司《せいじ》と言って、見習いの新聞記者をしています。堀北さん、出身はどこですか？」

恵平は驚き、まさかと思って胸が震えた。

そんなことってあるのだろうか。

頭の中で計算をする。ここは昭和の三十年代。五年前に七十八歳で亡くなった長野のお祖父《じい》ちゃんは昭和十二年生まれ。この時代に生きているなら、たぶん自分と近い年だ。目の前の青年もそのくらい。祖父の名前も堀北清司だ。

でも逆に、それこそがうら交番へ呼ばれる理由だとしたらどうだろう。

改めて目の前の青年を見た。祖父が新聞記者をしていたことは知らないが、そもそも過去を詳しく訊《たず》ねたこともなかった。天涯孤独の身の上で、親類も、姉弟《きょうだい》もない。そもそもお祖父ちゃんは孤児だった。それが彼の人生のすべてで、それ以上詮索《せんさく》する気は持てずに来たのだ。恵平は、山間部の村で診療所を営んできたことだけが、一族の歴史と思っていた。

青年は二十代。中背で、痩《や》せていて、今どきのツーブロックカットから剃《そ》り上げ部分を省いたような髪をして、着流しよりもスーツのほうが似合いそうである。尤《もっと》もこの時代のスーツは高価なものだったと、柏村肇が言っていた。

恵平はチラリと柏村を見た。息子さんと話したと伝えたら、柏村はどう思うだろう。

「信州です。清司さんもそうですか？」

「いえ、ぼくは福島です」

お祖父ちゃんは福島の出身だったただろうか。そうだったのかな。

「福島のご両親はお元気ですか？」

水を向けると、青年は曖昧《あいまい》に笑った。

「どうですかね……元気だったらいいんですけど」

首を傾げると、彼は少しためらってから、苦笑まじりにこう言った。

「いや、実は両親のことを知りません。捨て子なので」

膝《ひざ》の上で恵平は拳《こぶし》を握った。やっぱりお祖父ちゃんかもしれない。

「ごめんなさい。余計な事を聞きました」

「いやあ、いいんです。じゃあ名前は誰がつけたのかという話ですけど、持っていたお守りに生年月日と名前が書かれていたのです。命と名前をもらったのですから、親に遺恨はありません。幸い、なんとかやっていけていますし」

「記者の見習いだけじゃ喰《く》えないから、ほかにも仕事を紹介して欲しいというんだよ」

シュンシュンと湯気を吐き出すヤカンの前で柏村が言う。

「新聞記者見習いも柏村さんの紹介ですから。いつもお世話になっております」

青年は照れて笑った。

当時、交番のお巡りさんは地域住民の相談相手や生活の世話を焼く存在だったと、ペイさんから聞いたことがある。ペイさんが靴磨きを始めた頃も、刑事だった柏村さんが靴を磨かせてくれて、お釣りをオマケしてくれたんだよと。

「そうなんですか」

新聞記者が夢だったわけじゃないのか。

そのことに恵平は驚いた。昭和という時代を自分は知らないのだなと思う。

「トッコーさんが、『堀北くんは機転が利くし、勘も鋭い』と褒めていたがね」

柏村はコンロの火を止め、ヤカンを揺すってまた置くと、自分の机に置いてあるブリキの急須《きゅうす》を取りに来た。茶殻入れに中身を捨てて、新しいほうじ茶を入れる。

「トッコーサンって、なんですか？」

「ぼくの先輩記者ですよ。取材は特攻みたいなもんだといつも言うので、そういう渾《あだ》名《な》になっちゃって」

それもまた戦後らしいと恵平は思う。

ほうじ茶のよい香りが漂ってきた。

「柏村さん。ここで頂くほうじ茶って、人形町のやつですか？」

柏村は振り向きもせずに答えた。

「そうだ。ほうじ茶の専門店で女房が買ってくるんだがね」

柏村肇が言ったとおりだ。

「先輩にいくら褒めてもらっても、給料があれじゃ下宿代も払えないので、もう一つ仕事を紹介してもらうことにしたんです」

「いまはそこいら中で工事をしているからね、土工はいつも引っ張りだこだが、堀北くんは痩せてるし、そこがちょっと心配でね」

「体は大丈夫です。むしろ鍛えられていいですよ」

「うむ。じゃあ、ちょっと話してみるけどな」

お盆に急須と新しい湯飲み茶碗《ちゃわん》をひとつ載せ、柏村は空いている椅子を引き寄せた。テーブル代わりにお盆を載せて、恵平の分の茶碗に茶を注ぐ。ほっこりと香り高い琥《こ》珀色《はくいろ》のほうじ茶だ。青年の茶碗にも茶を注ぎ、机に置いた自分の茶碗にも注ぎ足して、柏村は急須をお盆に載せた。

「いただきます」

ああ、このほうじ茶だ。柏村に対する恐怖も懸念も、一切を消し去ってしまうこの香り。そしてこの味。恵平はゆっくりお茶を飲み、目を閉じて「あー」と、唸《うな》った。

「おいしーい……いつ頂いても美味《おい》しいです」

「美味しそうに飲みますねえ」

青年は感心して言った。

「欠食児童みたいだろ」

と、柏村は笑う。

「いつも、初めて茶を飲んだみたいな顔をするんだ」

「面白い人ですねえ」

話の合間に恵平は、壁にかけてある日めくりカレンダーを目で追った。

昭和三十四年（１９５９）の五月である。柏村が殉職するまで約一年。お祖父ちゃんの年齢から逆算しても、この青年くらいの年齢として齟齬《そご》はない。恵平は、どうしても若い頃のお祖父ちゃんに会ったと思いたかった。

「私、堀北恵平と言うんです」

名乗ると青年は目を丸くした。

「え。けっぺい？　けっぺいと言いましたか？」

「そうです。堀北恵平です」

柏村は自分の机でほうじ茶を啜《すす》っている。机にはいつものように大学ノートが載せられているが、今夜は表紙が閉じられて、上にエンピツが載っている。

「どういう字を書くんですか」

「恵むに平らで恵平です。男の子みたいな名前だけど、私は謂《い》われを知らないんです」

敢《あ》えて彼の目を見て言った。

「つけてくれたのはお祖父ちゃんですが、謂われを聞く前に死んでしまって」

「それは残念ですね」

誠実な声で彼は言う。

「でも、いい名前だと思います。『けいへい』と書いて『けっぺい』か……」

「どうしてつけたと思いますか？」

訊《き》きながら、ドキドキしてくる。

狭い天井にくっついたレトロで丸い照明は、乳白色のガラスでできている。その周りに薄く蜘蛛《くも》の巣が張り、周囲を小虫が飛んでいる。高架を走る車の音が時折聞こえ、やがてどこかで犬が鳴く。遠吠《とおぼ》えはコダマのようにつながって、ラジヲの音楽はもう聞こえない。

青年は手のひらに湯飲み茶碗を抱えて「そうだなあ」と唸った。

「恵という字には、自らを律して他者への思い遣《や》りを持つという意味がありますね。平という字にも同じような意味がある。たぶんですけど、あなたのお祖父《じい》さんは、そういう特質が大切なんだと思っていたのじゃないでしょうか」

「そういう特質ですか……」

青年が恵平を見る。その眼差《まなざ》しに在りし日の祖父を重ねたいと思ったけれど、自分と同じくらいの年齢の彼は記憶の祖父とはかけ離れ、頭が混乱するばかりだ。

「いや、生意気をいいますが」

「それは人として最も大切なことだと思うがね。いい名前じゃないか」

柏村も言う。

「はい。ありがとうございます」

恵平は胸が熱くなり、祖父が恋しくて泣きそうになった。

青年はグッとお茶を飲み干すと立ち上がり、

「では、ぼくはこれで」

尻《しり》と背もたれの間でぺちゃんこになった帽子を出して頭に被《かぶ》った。天辺《てっぺん》が潰《つぶ》れたハンチングだ。着流しに下駄に鳥打ち帽は妙な取り合わせだと思うけど、青年にはとても似合っている。

「そちらのお話をしてください、堀北さん」

一礼して扉に手をかけた。

「こっちもな、数日のうちに訊いておくから、また来なさい」

柏村が言うと、

「よろしくお願いします」

ドアの前で振り返り、帽子を脱いで頭を下げた。

そして彼は出ていった。

恵平は胸が一杯で、ろくな挨拶《あいさつ》も返せない。湯飲み茶碗《ちゃわん》を手にしたままで立ち上がり、会釈して、見送った。再びドアが閉まると柏村が訊く。

「相棒はどうしたね。また事件か？」

交番内の空気が一気に変わったような気がした。

恵平は柏村を振り返り、机に向いて椅子に座った。

「はい。実は、そうなんです――」

そして頭で考えた。この時代、清掃工場はあったのだろうか。

「――おおよそ三名分の遺体がゴミ捨て場で見つかって、先輩はほかの署の応援に出ています」

「関係のある三人かね？」

と、柏村は訊く。

「身元はまだ不明ですが、殺害されたのは同時ではないと思います。一体だけが新しく、他の二体は腐乱していて、性別くらいしかわかっていません」

「遺留品は？」

「ありません。新しい遺体だけ着衣があったんですけれど……手足が拘束されて体中の骨が折れていました。死因は機械の圧迫による窒息死ですが、骨は生きているときに折れたんです」

「機械でかね」

「はい。たぶん」

「機械の特定はできているのか」

恵平は考え、こう言った。

「できています。ゴミを圧縮して処分する新しい機械のようでした」

「ふうむ」

柏村の瞳《ひとみ》が天井の明かりを照り返す。なんでも見透かしてしまいそうな大きな目を宙に向け、柏村は机に肘《ひじ》をついて口を押さえた。親指を顎《あご》に、人差し指を鼻にかけ、何か思い出そうと視線を逸《そ》らす。

「柏村さん。私の推理を聞いて下さい」

背筋を伸ばして恵平は言った。柏村の視線がこちらを向く。

「現在調べているところですけど、被害者のひとりは……」

この時代はホームレスのことをなんと呼んだのだろうと、また考える。

「家も仕事もなく、路上で生活している」

「浮浪者か」

と、柏村は言った。その言葉は聞いたことがある。浮浪という語が、古い時代に戸籍や計帳から外れてグループから離脱した者を意味したことから、二十一世紀では使わないほうがよい言葉となった。メリーさんや徳兵衛さんの顔が頭に浮かび、呼び名の残酷さに胸が痛んだ。

「そうじゃないかと思うんです」

恵平は頷《うなず》いた。

「なぜ殺された？　金を隠し持っていたのかね」

「そんなことってありますか？　そういう人がお金を持っているなんて」

「なんだってあるさ」

と、柏村は笑う。

「親元を離れて都会へ出てくるときに、なけなしの金をお守りに忍ばせる親もいる。食い詰めたときにはこれを使えと親は思うが、子供のほうはそうもいかない。親兄弟を捨ててくるんだ。一旗揚げねば帰ることはできないと、自分を追い込んでしまうこともある。酔った勢いで口を滑らせ、そんな話をしたばっかりに、仲間に殺されることだってあるかもしれない。わからんよ」

「同じ理由で、三人も、ですか？」

「そうだとは言っておらんよ。そういうこともあると言ったのだ」

恵平は頷いた。

「もっと他の理由じゃないかって、思うんです」

茶碗をお盆の上に載せて恵平は指を組み、柏村ならば理解してくれるだろうかと考える。

「どんな理由だね」

「街の清掃作業です」

柏村は眉根《まゆね》を寄せた。

「酷《ひど》い、本当に酷い推理だと思うんですけど、なかには、そういう人たちのことを目障りというか、邪魔に思ってしまう人がいて、特に今は感染……」

感染症が流行《はや》っているのは柏村の時代じゃなかった。恵平は言い換えた。

「ストレスが……ストレス、えっと、欲求不満や重圧や、自分自身の苦しみのはけ口を弱い人にぶつけたい犯人が彼らに鬱憤《うっぷん》をぶつけて、そのくせ自分は正当化して、街から排除したと言いたいというか、そういう歪《ゆが》んだ欲求が引き起こした事件じゃないかと考えるんです」

柏村は恵平を見つめたまま、指の間から「ほう」と言った。

「つまりなにかね。目障りだから酷い殺し方をして、犯行を周知するために、わざわざゴミ捨て場に遺棄したと？」

恵平は唇を噛《か》む。

「今は何の根拠もないし、証拠も出てきていないんですけど、人間をゴミ捨て場に遺棄するなんて、普通は考えないと思うんです」

「被害者に対する嫌悪感からゴミ扱いしたというのかね」

「怨恨《えんこん》や、もしくは弾みで犯した殺人ならば、穴を掘って埋めるのが普通じゃないんでしょうか」

「普通ねえ」

柏村は呟《つぶや》いた。

「激情から人を殺しても、すぐ後に待っているのは混乱だ。犯した罪をなかったことにはできないが、人はそうしようと躍起になる。その場をすぐに立ち去って自分自身の痕跡《こんせき》を消すか、死体を消すか、どちらかだ。無関係な相手を殺した場合は逃げてもいいが、被害者が面識のある人物ならば、隠そうとするのが普通だな。穴を掘って埋めるかどうかは人による。穴を掘るのは大変だからな。場所もいるし、体力もいる。できない場合は人目につかない場所に捨てるか、だが、それもまた大変だ。死体は重いし、死んだらすぐに体液が出てくる。出血もするし、臭いもする。うかうかしている時間はない。ゴミ捨て場は案外合理的かもしれないぞ。臭いの面でも、周囲から目立たなくする意味でもね」

「無関係な人間を鬱屈のはけ口にしたという考えは、突飛でしょうか」

「そうは言わない。別の考え方を提示しただけだ」

柏村はお茶を啜《すす》り、そして続けた。

「警察官も人間だ。初めからひとつの方向へ舵《かじ》を切ってしまうと、考えを修正するのは難しい。警察官が間違えば冤罪《えんざい》を生む。推理は証拠を元にするべきだ。考えるのではなく導き出すのだ」

「はい」

柏村の目が光っている。瞳には吸い込まれるような奥行きがある。自分には決定的に足りない経験という奥行きだ。

「帝銀《ていぎん》事件を覚えているかね？」

柏村は静かに訊《き》いた。言葉としては知っている。帝国銀行の職員が厚生省の役人を装った犯人に毒を飲まされて死んだ事件だ。

「いえ……詳しくは」

と、恵平は答えた。柏村は頷く。

「昭和二十三年一月二十六日午後三時過ぎ。帝国銀行のとある支店に東京都の防疫班の腕章をした男が現れてこう言った。『近くで赤痢患者が出たが、その一人がこの銀行に預金に来ていた。きみたちも罹患《りかん》した可能性があるから予防薬を飲みなさい』とね」

それから十年も後の昭和三十四年当時でも、赤痢患者は法定伝染病患者数の八割を占め、社会生活に甚大な被害を与えていたと警察学校の感染症対応座学で学んだ。主に糞便《ふんべん》等から経口感染し、罹患すると発熱、腹痛、下痢、血便などの症状を引き起こし、酷い場合は死に至る。当時はネズミや蠅、共用の井戸水などから集団感染を起こしたと聞く。いつの時代も感染症の恐怖はあったことになる。

「犯人は全員を一室に集めて二液性の薬を飲ませた。最初にこれを、次にはこれをと、先《ま》ず自分が飲んで見せ、それに倣えと全員に伝えた。落ち着いていて本物の衛生技官に見えたという。職員たちは疑いもせず犯人に従った。薬を飲まされたのは行員と銀行の用務員一家、子供を含めた十六名で、うち十二名が死亡した。犯行に使われたのは青酸性の毒物で、現金十六万円と小切手などが奪われた」

「犯人はいちおう捕まったんでしたよね」

一応とつけたのは、この事件の逮捕者については、二十一世紀の現在も冤罪疑惑が払拭《ふっしょく》されていないからである。

「帝銀事件の前に安田《やすだ》銀行と三菱《みつびし》銀行でも似たような事件が起きたが、未遂で死者は出なかった。どの銀行でも、技官を名乗る人物が行員に名刺を出している。帝国銀行は名刺を紛失したものの、残りふたつの銀行は保存していた。二枚の名刺のうち一枚が本物、一枚は偽物で、本物の名刺にあった厚生省予防局の医学博士が実在したことから、捜査陣は博士を訪ねて百枚刷られた名刺の行方をしらみつぶしに当たっていった。そして同年八月に、北海道小樽《おたる》市で、詐欺の前科を持つ被疑者を逮捕した。行方を確認できなかった八枚のうち一枚を所持しているはずの人物だったが、名刺の所在を説明できなかったのだ。だが……」

柏村は胸の前で指を組み、そこに顎《あご》を載せて恵平を見た。

「きみは知るまいと思うがね、帝銀事件から六年後の昭和二十九年十月、茨城県のとある村で、こんな事件が起きているのだ」

ほうじ茶の香りで和んでいたのに、交番内に不気味な気配が漂った。気持ちの問題だろうと思うけど、恵平は初めて、平野が横にいないことを恐ろしく感じた。

柏村巡査は死神なんだ。誰かの言葉が頭のなかで鳴り響く。

嘘よ、柏村さんが死神であるわけがない。

だっておかしいじゃない、どうしてすでにない交番に行き着くの？

柏村さんには救いたい人がいるから。

救いたい人って誰？

探して呼ぶんじゃないのかな。

どうして私が呼ばれるの？

だから『いいお巡りさん』だよう。

みんなの言葉と自分の疑問が交互に浮かぶ。

体は透けず、足もあり、額に三角の布もない柏村は、静かに言った。

「午後三時頃のことだという。十数軒程度しかない集落の一角で火の手が上がった。炎は一軒の屋敷を囲む竹藪《たけやぶ》を焼き、竹の爆《は》ぜる音に驚いて近隣住民が飛び出たときには、手がつけられないほど燃えさかっていた。火元の屋敷には家族と仲居の合計九人が住んでいたが、逃げ出した者も火事だと騒ぐ者もなく、焼け跡から九人全員が遺体で発見されたのだ」

恵平は静かに首を左右に振った。

書籍や映画に起こされた帝銀事件はともかく、そんな事件はまったく知らない。

「不思議なのは遺体が発見された場所だった。この集落は比較的裕福で、火事を出した家も母屋《おもや》だけで七間ほどもあったという」

尺貫法は習った気がする。一間は畳の長さだったと思う。タテの長さを一八二センチとして、母屋の長さがほぼ十三メートル。大きいほうかも、と、ザックリ計算して恵平は思った。敷地が広く母屋も大きい田舎屋は、信州ではざらにある。

「七体が八畳の居間に集まっていたのだ。居間は母屋の中央にあり、七名は囲炉裏に足を向けて車座になっていた」

恵平は眉《まゆ》をひそめた。

「火事でも逃げようとしていなかった？」

柏村は答えずに先を続けた。

「十七歳の仲居は隣の八畳間、十二歳の長女は隣の茶の間で見つかった。それぞれ這《は》い出るように腕を伸ばした姿勢だったという。それだけじゃない。居間の七人には布団がかぶせてあったのだ」

「火が出たときには死んでいたんですね」

「検死の結果、すべての遺体から青酸化合物が検出されたのだよ」

恵平はすぐに言葉が出なかった。頭のなかで考えている。

ここで帝銀事件と結びつけるのは早計だ。無理心中ということもある。青酸性の毒物は即効性で、食品に混入した場合、先に苦しむ者を見てあとの者が飲まない可能性がある。帝銀事件はそこをクリアするために二液性にして効果を遅らせ、さらに犯人自身が飲んで見せ、十六人全員に服毒させることに成功したのだ。

では、全員が覚悟の自殺だったらどうか。

みんなで一緒に毒を飲む。でも、その場合は誰が死体に布団をかぶせ、誰が火をつけたのか。十二の長女には無理だと思う。それに仲居は家族ではない。

「殺人放火事件だったんですか？」

導き出した推論を言うと、柏村はニヤリと笑った。

「火災で集落の者たちが右往左往しているときに、見慣れぬ男を見たという者が複数出てきた。男は白衣を着て、集落を見渡せる場所から火事の様子を見ていたという。九人の遺体を解剖して胃の内容物などを調べた結果、死亡時刻は前日の夜八時頃ということがわかった。八人の胃からは夕食の食べ物が出たが、一人はまだ食べていなかった。だが、青酸化合物の反応はあった。これらの事実から一家が毒を飲まされたのは夕食が始まってすぐのことだと思われる。台所にうどんが用意されていたものの、家族の胃にうどんがなかったこともそれを裏付けている」

「来客があったんですね」

「なぜそう思うのだね？」

「通常の夕食なら、全部用意してから一緒に食べ始めると思います。でも、うどんをあとにしたってことは、前菜、副菜というように、誰かをもてなしていたんでしょう」

「そうだ。来客にうどんを振る舞うのがこの家の慣習だったらしい。後に、使用された薬物は青酸カリとわかったが、これは独特の臭気を持つから、食べ物に混入すればすぐわかる。果物が腐ったような臭いがして、知らずに口にできるようなものではないからね」

「二液性にしたんでしょうか。赤痢の解毒剤とか言って」

「かもしれない」

「だから白衣を着ていたんでしょうか……いえ、『火事を見ていた人物』ですが」

「『犯人』と呼ばない知恵はつけたな」

柏村は笑う。恵平は、試されているのだな、と思った。

「謎はまだある。家の周辺を調べたところ、古井戸から注射器や薬のビンが発見された。残念ながら青酸反応は出なかったがね。何かの病気に罹患《りかん》した可能性があると言いくるめ、全員に毒物を注射したとして、青酸は反応が早いから最初の人物が反応する前に、九人に注射し終えるのも不可能だ」

「複数犯ならどうでしょう。手分けして素早く注射したら」

「うむ、それもあるかもしれん。ただ捜査班はこう言っている。事件前後に目撃された白衣の男は一人だと。犯行当日の昼近く、白衣の男は水戸《みと》駅周辺でも目撃されていた。年齢は四十代半ば、中背で穏やかそうな印象だったという。この男は駅前の食堂にも立ち寄っている。食堂の向かいは警察署だが、警察署前のバス停から堂々とバスに乗り、件《くだん》の集落へ到着したあと周辺をブラブラしているのを、やはり目撃されているのだ」

防犯カメラなんかない時代だ。それなのに目撃証言が多いことに、恵平は驚いた。

生まれ育った田舎と同じだ。防犯カメラはほとんどないが、見慣れぬ人物が村にいたなら、どこかで誰かが気にかけている。悪気はないが気にかかるのだ。

「事件当日の午後三時半前後、男は集落の住人に件の家の場所を訊《たず》ねた。東京の保健所の者と名乗ったという。四時には被害者宅隣の畑で隣人夫婦と立ち話をしている。被害者家族について知り合いのように話していたが、内容は事実と微妙に違っていた。

同日夕方五時すぎになると、白衣の男は被害者宅の縁側に腰を掛けて家人と話し込んでいるのを目撃されている」

「どんな話をしていたんでしょう」

「証言者は、『脳の病気は一時的にはよくなっても、またすぐに悪くなることもある』など、伝染性、遺伝性の病について話をしているようだったと言っている。被害家族の長男は持病があった。すでに緩解していたがね」

「じゃあ」

恵平は拳《こぶし》を握った。柏村が頷《うなず》く。

「本当のところはわからんが、帝銀事件同様に特効薬があると偽れば、同時にしかも全員に毒を飲ませることは可能かもしれん。遺伝はしない仲居にも、伝染すると言えばいい。一家を毒殺したあと、犯人は翌日まで家に留《とど》まっている。一家の死亡推定時刻が午後八時なのに、近隣住民が午後十時過ぎに、点いていた風呂場《ふろば》の電気が消えたのを目撃しているからだ。男は翌日午後、家に火をつけてから被害者宅の自転車を盗んで逃走し、白衣を含む着衣を脱ぎ捨て、盗んだ服に着替えて消えた。半日以上も被害者宅に留まっていたわけで、金目の物を物色する時間は十分にあったのだろう」

九人もの遺体があるそばで金品を物色する姿を想像してゾッとした。ああ、そうか。

だから遺体に布団をかけたのだ。家中を物色する間、居間で動けなくなった死人の目に見つめ続けられるのが厭《いや》だから。貧すれば鈍するという言葉があるが、人は金のためならば、それほどまで冷酷になれるのだろうか。それとも慣れてしまうのだろうか、罪もない、怨《うら》みもない、無関係な人の命を奪うことにも。

「犯人が目立つ白衣をずっと着ていたわけですが、目立つことでその後の足取りを消す目的があったのではないでしょうか。それか、白衣で複数犯だったのを誤魔化したのかもしれません。顔や身体的特徴ではなく、白衣という記号で同一人物であると錯覚させたのかも。田舎は遠くからでも人影が見えるから、白衣に気を取られます。そうなら注射器も使えます」

「そうだな」

と柏村は言い、

「事件を一方向からのみ見るのは危険だ。きみがいま話したように、あらゆる視点を持つことだ」

「複数の視点と多方向の視野ですね」

「そうだ」

柏村は頷いた。

「その事件の犯人は捕まりましたか？　それとも帝銀事件の真犯人が……」

「犯人は捕まった。窃盗のマエがある四十三歳の印刷工だが、取調室で青酸カリを飲んで、なにひとつ語ることなく死亡した」

「そんな……」

それでは複数犯だったとしてもわからない。

「不遇の生い立ちの男だった。医学生と看護婦の間に生まれ、医学生が外国へ去ったため、母親は彼を養子に出した。頭のいい子供だったが、生き別れになった母親に会いたい一心から路賃を盗んで少年院に入ったのを皮切りに、合わせて二十五年をムショで過ごした。この事件にも不思議は多い。ひとつ。白衣の男は現地に指紋付きのサイダー瓶を残していたが、印刷工の指紋とは合致しなかった。大したことではないと、捜査本部はその事実を切り捨てた」

柏村は静かに息を吸い込むと、恵平の瞳《ひとみ》を覗《のぞ》いてゆっくり言った。

「捜査は犯人のみならず、精神的圧力との戦いでもある。殺人者を野放しにしておくなという市井の声や、早く検挙しろという上からの重圧、手柄を立てて名声を得たいという内なる野望……それらが捜査陣の目を曇らせる。本官らには正義を貫き民間人を守る使命があるが、忘れてはいけない。警察官は人間だ。奴らも同じ人間だ。迷わず、後悔せず、過ちも犯さない、自分はそんな存在なのだと思い上がれば、人は悪鬼になり下がる」

胃の腑《ふ》の奥から震えが迫る。恵平は柏村に訊ねた。

「どうしたら」

「疑うことだ。感じた疑問をそのままにしてはいけない。人間は間違える。犯罪を犯す者もそうだが、我々だって間違えるのだ。すべてを疑え。甘んじてはいけない」

「わかりました。疑います」

警察官だって間違える、人間だから。それは悪とか善とかの問題ではなく真実だ。

柏村はそう言ったのだと、恵平は思った。

「彼の死後、自殺した印刷工を世話した人物が、彼からもらった手紙を公開したが、このような文面だったと覚えている。

私は気が狂いそうです。浴びるほど酒を呑《の》みました。何度死のうと思ったかしれません。でも死ねない、許して下さい。もう一度、私を救って下さい」

もう一度、私を救って下さい。

男の声が心に響く。男は何を後悔したのか、何を許してほしかったのか。一度は手紙の相手に救われた。だからまた救って欲しいと願いつつ、彼は自死を選んだのだろうか。救って欲しいと言いながら？

「どう読むね？」

柏村が訊《き》いた。

「わかりません」

恵平は正直に言う。柏村は頷いた。

「帝銀事件も、この事件も、背景にあるのは金だった。如何《いか》に凄惨《せいさん》で多数の犠牲者が出ようとも、犯人が手に入れようとしたのはただの金だ」

「どちらの事件も真犯人は他にいると思いますか？」

「わからんよ」

と、柏村は笑う。

「言った通りだ。警察官も人間だからね、万能ではない、解決できないこともある。悔しいが、本当のことだ。だがせめて可能な限りは力を尽くすさ。警官だからな」

「柏村さん」

恵平は顔を上げ、柏村の大きな瞳を真っ向から捉《とら》えた。

「柏村さんは、誰を救いたいと思ってるんですか？」

柏村は動きを止め、驚いた顔で恵平を見た。

たのだ。

我ながら、しまったと思った。意思を確認するより前に、言葉が口を衝《つ》いてしまっ

「ここへ来るたび、柏村さんが熱心に何か調べているのを拝見してました。もしかして、私にも何か、お手伝いできることがあるのでしょうか」

笑ったような、歪《ゆが》んだような、奇妙な表情を柏村はした。

「私が何を調べていると思うのかね」

「わかりません。わからないけど、でも、もしも……」

柏村の手が大学ノートのほうへと伸びる。一瞬の、しかも無意識の仕草を恵平は見逃さなかった。立ち上がって柏村に頭を下げる。

「すぐじゃなくてもいいんです。私はまだ見習いだし、でも、きっと一人前の警察官になってみせます。だから、もしも柏村さんに救いたい人がいるのなら、お手伝いさせて欲しいんです」

柏村の瞳を何かが過《よ》ぎった。嫌悪感とも違う。混乱でもない。近いのは、そうだ、怯《おび》えだと恵平は思う。

柏村は異形のモノを見るような目を恵平に向けたまま、静かに言った。

「なんだって？」

「丸の内西署を訪ねてみたが、平野という刑事はいなかった。東京駅の交番にも婦警はいない。きみたちは、どこの誰かね？」

逆に質問されるとは思ってもみなかった。恵平は上着の裾《すそ》をギュッと握った。

「私たちは……」

正体を明かした途端、現在へ帰る道が閉じてしまうかもしれない。平野の言葉が頭を巡る。そしてこちらへ取り残される。昭和の時代に。

でも、だけど、恵平は思う。警察官が警察官を騙《だま》していいのかな。柏村さん相手に口から出任せを言ったとして、見抜かれずに済むはずがない。

恵平はトレーナーの裾から手を入れて、紐《ひも》でグルグル巻きにしている警察手帳を引っ張り出した。柏村の机に近づくと、エンブレムを示して身分証を提示する。

交番の周囲は夜の気配だ。誰かの自転車がやって来て、通路を曲がって近くに止まった。柏村は目を丸くして身分証を見ている。そして、言った。

「これは……なんの冗談だ？」

恵平は警察手帳を閉じ、再び紐でグルグル巻きにしてからトレーナーの裾に入れ、落ちないようにズボンに挟んだ。

「私たちは二十一世紀の警察官です。どうしてここへ来てしまうのか、どんな理由でここへ来るのか、わからないので調べています。柏村さんの時代に起きた事件と同じような事件は、残念ながら私たちの時代でも起こっています。ただ、捜査技術が格段に進歩したので、犯人を特定するのも、犯罪の経緯を追うのも、もっと容易になっているんです。だから、もし、柏村さんが」

「犯人の特定が容易に？」

「はい。微細な証拠から個人を特定できる技術があります。防犯カメラに街中の映像がストックされる時代です」

今度は柏村が左右に首を振る番だった。

「微細な証拠とはなんだ」

「血液、毛髪、唾液《だえき》、体液、汗や爪からも個人を特定できるんです。誤認逮捕は技術の進歩で大分減ったと思います。現代の技術で過去の冤罪《えんざい》が晴れた事例も」

「汗や爪」

「はい、そうです。この時代には特定が難しかった犯人も、今の技術なら解明できると思います。指紋解析の精度も格段にあがっていますから」

柏村の手が大学ノートに伸びる。そのときだった。

自転車が止まったあたりから、バタバタとした足音がやって来て、入口のドアが勢いよく開いた。

「駐在さん、てぇへんだ、ちょっと来てくれっ！」

顔が真っ赤で酒臭く、頭にタオルで鉢巻きをした中年の男性だった。

「どうしたね」

「ケンカだよ！　通り向こうのおでん屋でさ、ビール瓶を持ち出して」

柏村は警帽をつかんで恵平を見た。

「私も」

「いや、きみは帰れ」

「でも」

「いいから帰れ」

「駐在さん、早く来てくれ！」

出て行く瞬間、柏村は振り向いてこう言った。

「話はわかった。帰りなさい。早く」

白い木製のドアが閉じ、恵平だけがうら交番に取り残された。二台の自転車が遠ざかる音、漕《こ》ぎながら状況を説明している男の声。野次馬根性が疼《うず》いてか、ラジヲ店の引き戸が開いた。高架を走る車の音と、やっぱり犬の遠吠《とおぼ》えがする。

柏村の机には大学ノートが置き去りだ。

今なら読める。と、恵平は思った。

表紙に載ったエンピツをよけ、手に取って開けば読むことができる。

恵平は柏村の席へ移動した。エンピツに手を伸ばし、目を瞑《つぶ》ってから息を吐く。

これを読みたいと思うのはどうして？　と、自分に訊いた。

平野先輩と自分の寿命がかかっているからよ。

これを読んだら謎は解けるの？

読んでみなくちゃわからない。

その行動が招く結果は？

天井に目を向けたけど、防犯カメラがあるはずもない。テレビさえ一般的ではなかった時代だ。だからいま、自分がこっそりこれを読んでも柏村にはわからない。読め、と心の一部がささやく。ダメよ、と頭の片隅が言う。

犯罪を暴くのは、純粋に人の努力と正義感、周囲を気にする人々の目と、事件を解決したいと願う民間人の協力だ。先輩刑事の言葉が脳裏をかすめる。自分はいま、何と何を天秤《てんびん》に掛けようとしているのか、考える。

そして恵平は読むのをやめた。

お茶の道具をシンクへ運び、きれいに洗って茶碗《ちゃわん》を拭《ふ》いてお盆にふせた。布巾《ふきん》を掛けて、椅子を丁寧に並べ直すと、交番を出た。道路を横切って地下道の入口に立ち、昭和の空気を胸いっぱいに吸い込んでから、地下道入口に頭を下げた。

お願いです。どうか向こうへ帰して下さい。

意を決して階段を駆け下りる。このとき初めて警察学校に申請した門限が迫っていたと思い出したからだ。令和へ帰れないことよりも、門限を破ることの方が身に迫ってくるなんて本末転倒の気がするけれど、恵平は泣きたいくらいの焦りを感じた。いつもは慎重に歩く地下道を、足音を蹴立《けた》てて駆け抜ける。目指すは丸の内西署ではなく、東京駅だ。ああ、なんで桜田門《さくらだもん》じゃなく、府中市に学校があるんだろう。

薄暗い通路の同じ景色は、どこからが現代で、どこまでが過去かわからない。それとも過去のままなのか。走り続けて不安になったとき、地下道は東京駅をスキップし、突然有楽町駅へと抜けた。

「うわ」

行き交う人たちがみなマスクをしていたので、恵平は安堵《あんど》して妙な声が出た。ポケットに入れたマスクを出して着け、携帯用の除菌スプレーを手に振りかける。電光掲示板の時刻は午後六時三十分を過ぎている。ここから走って銀座へ向かい、丸ノ内線で新宿駅へ、あとは特急を捕まえられれば……考えるのは走ってからだ。脱《だっ》兎《と》のごとく駅を抜け、走っているとき、ふいに、あることに気がついた。

帝銀事件が起こった時代も、今と同じように赤痢という流行病《はやりやまい》のただ中だったのだ。犯人は病気に対する怖れや不安を利用して人を殺し、金を盗んだ。騙された被害者の気持ちが理解できるからこそ、犯人の狡猾《こうかつ》さが憎いと思った。

でも別に、それほどに猛威を奮った赤痢さえ、克服できたことにも気がついた。

そうか。ならば今の騒ぎも必ず収まる時が来るのだ。

うら交番が伝えたかったのは、事件についてか、感染症か、それとも祖父のことなのか、それらすべてか。恵平は考えて、むしろ頭が真っ白になった。

良くも悪くも過去と現在はつながっている。すでに亡くなった柏村を含め、過去の人たちが現在を作っているといっても過言ではない。ならば自分と平野があの時代へ行くことも織り込み済みで『今』があるということだろうか。

柏村と会うことで変化するのは、

「未来なのかな」

スマホを見ると、平野と桃田から次々に無事寮へ戻れたかとメールがきていた。詳しく返信したいけど、特急は目的地に着くのが速い。

——たった今　うら交番へ迷い込んじゃって　でも無事なので安心してください
おかげでダッシュの最中です　詳細はまた——
恵平はそう返し、調布駅で列車を降りた。

第六章　ホームレス誘拐事件

翌日曜日。いつものように早起きをして、いつものように構内を走っていると、珍しくも武光が恵平の後ろをついてきた。妻帯者の彼は毎週末に外泊届けを出して自宅へ帰り、奥さんや子供と過ごして戻ってくる。日曜日にランニングをすることはないのだ。

恵平はその場で少し足踏みをして、武光が隣に来るのを待った。

「おはようございます」

「おはよう」

そしてまた走り出す。

「今週は外泊しなかったんですか」

「女房たちは実家へ行ってる。ジイジの誕生会なんだとさ」

「一緒に行かなくてよかったんですか」

「女房の実家は新潟だぞ。行ったら帰ってこれないよ」

「新潟ってそんなに遠かったですっけ」

「片道二時間半ってとこだが、問題はそこじゃない」

いつものペースで走りつつ、武光は振り向いて笑う。

「感染症対策で自粛したんですね？」

「それも違う。新潟は酒所だからな、行ったら素面《しらふ》じゃ戻れないんだよ。泊まってくるなら問題ないけど、学校があるからさ」

「土曜だけ呑《の》んで、日曜に帰ればよかったのでは？」

「そう上手《うま》くはいかないんだよ。向こうじゃ熱燗《あつかん》はヤカンで直にするんだぞ？　熱燗用のヤカンは取っ手にリボンを結んでるんだよ。一升瓶をドバッと空けて、並べた徳利《とっくり》に次々移し……もてなしイコール酔い潰《つぶ》すことだ。恐ろしい」

「ですね……そんなに呑むんですか？」

「呑むさ。ウワバミがゲロ吐くくらいには」

「やだ、汚い」

「うはは」

と、豪快に笑い飛ばして、武光はダッシュした。そうくると思っていたので、恵平のほうがコンマ何秒か早めに飛ばした。結果として、この朝のランニングバトルは僅《きん》差《さ》で恵平が勝利した。

「くそ、やるな」

「私を舐《な》めてもらっちゃ困ります」

にっこり笑って、恵平は言った。

「実は武光さんに訊《き》きたいことがあったんです」

「なんだ、デートのお誘いか？　妻帯者だぞ」

「全く違います。そんなつもりはありません」

「冗談を真剣に拒否されると傷つくな」

武光は苦笑した。でも、冗談では済まない話なのだ。

「少し前にした月島署の事件、覚えてますか？」

「中央清掃工場の？　それがどうした」

休みの日は時間に追われる心配もない。早朝の風が気持ちいいので、その場に立って話を続けた。

「被害者についてなんですが」

「わかったのか？」

「いえ。まだですけど、たまたま知り合いのホームレスから相談を受けて」

武光は眉《まゆ》をひそめた。

「なんて?」

「最近ホームレスの数が減っているって」

「ああ……」

と、武光は額の汗を拭《ふ》きながら言った。

「たしかにえらいことになっているよな。堀北は丸の内西署だろ? 住民のいない署だから知らないと思うけど」

「なんですか?」

短髪を搔《か》き上げて言う。

「世田谷《せたがや》とか品川《しながわ》から来てる仲間に話を聞いたら、知ってるか? このところ自宅で死亡した人の通報が多くて、検死すると病死なんだってさ。原因は不明だが、ぽっくり逝《い》った感じが多くて、だから戦々恐々としながら現場検証をしているらしい」

「そうなんですか」

「丸の内はオフィス街で住人がいないから、そういう話は知らなかったろ?」

「ちっとも知りませんでした。路上に倒れて亡くなっていた人に感染症の疑いがあったとニュースで聞いたくらいです」

「それもあって東京は出にくいわけよ。警察学校は集団生活だろ？　子供がまだ小さいし、女房からも暗に帰ってくるなと言われてる気がするんだよな」

武光は寂しげだ。

「で？　ホームレスの減少は事件となにか関係あるのか？　ああ、身元不明の被害者が、実はホームレスだったってこと？」

「未確認ですが、可能性としてあるのかなと。それで、調べたら東京駅周辺のホームレスには今のところ異状がないんです。でも、日本橋周辺や京橋あたりでは行方不明の人がいて、他の署ではどうかなと」

「うちの署か？」

「地域に長くいるホームレスについては、各署が情報を持っていると思うんです。せっかく警察学校にいるんだから、みんなに訊いてみようかなって」

「訊いてどうする」

「不審と思われる点があったら組対の先輩に報告します。失踪《しっそう》中のホームレスが荷物を残しているので、そこからＤＮＡを検出し、被害者のものと照合しようと」

「ふーん」

と、武光は恵平を見下ろした。

「堀北は一丁前の刑事みたいだな。丸の内西署も捜査協力してんのか？」

「ご遺体の部位を集めるときに動員がかかっていたんです。ていうか一番は、管内で暮らしているホームレスの人は私の友だちなんですよ」

「友だちねえ」

武光は俯《うつむ》いて首の後ろを掻きながら、

「俺の最後の研修部署は『交通』だったが……」

「私は『地域』でした」

「交番勤務をしていたとき、そういうのに熱心な先輩がいたことはいた」

と、呟《つぶや》いた。

「突然いなくなったホームレスがいるかどうか、その先輩に聞いてみてもらえませんか。突然消えてしまうので、日本橋あたりでは『神隠し』と呼んでるみたいです」

顔を上げてマジマジと恵平を見てから、武光は言った。

「俺は自衛官だったと話したろ？　陸自の仕事はきついんだ。きついけど、災害現場なんかに行くと、人の役に立っているってしみじみ実感するんだよ……だから仕事は嫌いじゃなかったが、あるとき被災現場に出てさ、行方不明者の捜索を手伝ったんだけど、生きて救出できるのなんかホントに稀《まれ》でさ」

首を傾げて頭の天辺《てっぺん》を掻《か》きながら、ため息を吐いてこう言った。

「できればその前に助けたいなと。そうしたら、警察官かなと」

「はい」

恵平は眩《まぶ》しそうに武光を見上げた。

「電話で訊いてみてやるよ。あと、同じ班の連中にも話してみるわ。堀北の頼みならやってくれるだろ」

「嬉《うれ》しいです。ありがとうございます」

恵平はペコリとお辞儀して、

「じゃ、私も調べることがあるので」

武光を残して学生棟へダッシュした。

「やれやれ……」

と首をすくめて、武光は空を仰ぐ。うす水色の天空に航空機の影がキラリと光る。腕を伸ばして背伸びをしてから、武光はコース二週目を走り始めた。

シャワーを浴びて自室へ戻ると、恵平のスマホに不在着信の履歴があった。発信者は平野である。恵平も話したいことが山積みだ。事件と柏村のことについてはもちろん、うら交番で若い頃のお祖父《じい》ちゃんに会ったかもしれないと伝えたい。

恵平はベッドに腰掛け、電話した。

時刻は午前五時半だ。呼び出し音を聞きながら、平野から電話がくるには早すぎる時間だな、と、ふっと思った。

「俺だ、平野だ。うら交番へ行ってきたって?」

「そうです。電話に出られなくてすみません、ランニングのあとでシャワーを使っていたもので」

エクスキューズを終えるより前に、平野は言った。

「興味深い話が出たぞ」

「え?」

「マイクロバイオームといって、医療や化粧品なんかにも応用可能な最先端の技術を使って臭いの出ないゴミ処理を研究している工場で、半年くらい前に人骨と思《おぼ》しき破片が見つかっていたんだよ。難しいことはわからないんだが、ヒトの体に元々いる細菌を使って汚水なんかを処理すると、ほとんど悪臭が出ないんだってさ」

話の流れがわからないままに、恵平は「はい」と答えた。

「ケッペーがホームレスの話をしたから、月島署の捜査本部に報告したんだが、その人骨と行方不明者リストのDNAが一致して、調べた結果、家賃滞納で路上生活者になっていた人物だったと月島署から連絡が来た。失踪前の住所は神奈川にあったが、向こうでホームレスは目立つので、都内に来ていた可能性が高いんだ」

「その人の骨が、マイクロなんとかの工場から見つかったってことですか」

「そういうことだ。骨だけな」

「え……どういうことでしょう」

「わからないけど、ホームレスの犠牲者が他にもいたってところが肝心なんだよ」

「戸来さんのDNAは？」

「そっちはまだだ。すぐに結果が出ないの、わかってんだろ」

「そうでした」

「だが、ホームレスの失踪と今回の事件がつながっているかもしれないという着眼点はよかった。捜査本部も、今回の事件の動機を『歪《ゆが》んだ正義感に根ざす社会的弱者の根絶』と見て捜査する方針のようだから」

それは恵平も閃《ひらめ》いた動機だが、柏村は、事件を一方向からのみ見るのは危険だと言った。あらゆる視点を持つようにと。

「先輩、私も報告が。帝銀事件って知っていますか？」

恵平は平野に聞いてみた。

「あ？　戦後に起こった謎の事件ってやつだろう？　GHQの関与を隠すために冤罪《えんざい》を起こしたという」

「そうなんですか、GHQが関与していた？」

柏村から聞いた別の毒殺事件が脳裏を過《よ》ぎった。

「ま、本当のところはわからないけどな。殺人に使われた毒物がGHQで開発中のものだったって話だろ。詳しい知識がなければできない犯行なのに、マル被は画家で、毒物の扱いに長《た》けていなかったとかなんとか……真実は藪《やぶ》の中だが、戦後はいろいろと大人の事情があったのかもな。それがどうした」

「柏村さんがその話をしてくれたんですけど、帝銀事件の背景に、今と同じように赤痢の流行があったって知ってます？」

「あー……」

平野はピンと来ない返事をする。そこはまあいいやと恵平は思った。自分的に感動した点は人々が赤痢を克服したことで、それは事件と関係ないから。

「帝銀事件から六年後の昭和二十九年。似たような手口で一家九人が毒殺された事件が起きているんです」

「ほんとかよ？　知らねえな」

「事件が起きたのは茨城で、印刷工が逮捕され、なにひとつ語らないまま取調室で服毒自殺したそうですけど、彼の指紋は犯人のものとされるサイダー瓶の指紋と一致していなかったって」

「それで交番がケッペーを呼んだ？　ちょっと待て……ネット検索したら出てきたぞ。ざっと見、怪しいことは書かれてないが」

「殺害方法はどうですか」

「青酸カリを使った毒殺」

「柏村さんはそこが妙だと言うんです。青酸カリは即効性で独特の腐敗臭があり、食べ物に混入すればすぐにわかるし、先に口にした人から苦しみ出すので九人全員を殺すには一斉に飲ませるしかないと。青酸性の毒物で複数人の同時殺害を実現したという意味で、そこをクリアしたのは帝銀事件が初めてなんです」

「二つの事件は関係あるってか？」

恵平は首を傾げた。ハッキリそうとは言わなかった気がする。

「帝銀事件の真犯人が別にいて、その犯人がやったとか、いくつか考えられると思うんですけど。もしくは帝銀事件と同じ二液性の毒物を使った犯行、または犯人が複数いたとか。あとは、ええっと……とにかく、あらゆる視点を持つようにと」

「曖昧《あいまい》だなあ」

「柏村さんはいつも結論を言わないんです。ヒントをくれるだけで」

「じゃ、今回のヒントはなんなんだよ」

「それはまだわからないけど……」

平野もわずかに沈黙し、やがて呟《つぶや》くように訊《き》いてきた。

「明るいうちに行けたの、初めてじゃないか？　うら交番へさ」

恵平は顔を上げ、

「あ、そう。そうなんです。行ったらむこうは夜でしたけど」

と、平野に言った。

「その気もないのに、出ちゃったんです」

「腹を壊したみたいな言い方すんなよ」

「そんなふうには言ってません。私も『なんで？』って思ったんですが、理由はちゃんとあったんです」

「なんだよ、理由って」

「理由のひとつが、なんと」

ほんの少しだけ間を持たせ、恵平は一気に言った。

「お祖父ちゃんがいたんです。うら交番に」

「はあ?」

「お祖父ちゃんですよ。私に恵平って名前をつけた」

「亡くなったって祖父さんか」

「そうです。ていうか、たぶんそうだと思うんです。堀北清司って、お祖父ちゃんと同じ名前で、年齢的な齟齬《そご》もなく、天涯孤独であることや、あとは……ええっと……恵平という名前の由来を、ちゃんと説明できたんです。自らを律して他者を思い遣《や》るのが当たり前な人になるようにって。いえ、そこはちょっと脚色しました。本人は私が孫だと思っていないわけですし」

「へー」

平野は気の抜けた返事をした。

「へーって、それだけですか、先輩、訊いたじゃないですか。恵平の名前の由来は何かって」

「そりゃな、俺の名前の由来を話した手前だよ」

平野は名を腎臓《じんぞう》という。外科医をしている父親が、臓のつく臓器は人体の要《かなめ》だと、三人兄弟にそれぞれ心臓、腎臓、肝臓と名付けたらしい。名前でさんざん嗤《わら》われたことが、平野のトラウマになっている。

「おまえはいいなあ、まともな謂《い》われがあって」

すねたように付け足したので、笑ってしまった、声を出さずに。

「もう一つ、重大な話がありまして――」

恵平はベッドに正座して言った。

「――柏村さんにはバレていました」

「あ？　なにが」

「私たちが怪しいってことが、です。丸の内西署の平野刑事や、東京駅おもて交番に勤務している女性警察官のことを調べたら、該当する人物はいなかったって言われたんです」

「それでどうした」

「正直に話すしかないと思って警察手帳を見せたんですが、柏村さんは目を白黒させていました。何か協力できることがあるんじゃないかと訊いたんですけど、ちょうどいいところへケンカの仲裁を頼みに人が来て、そのままになってしまったんです」

「柏村さんは信じたのかよ」

「どうでしょう。でも、『話はわかった』と」

「話ってなんだよ」

「二十一世紀の刑事警察は技術が進み、冤罪《えんざい》を起こす確率が格段に減っているし、毛根や汗や爪から個人を特定できるので、未解決と思われていた事件を解明することもできるはずだという話です」

平野は静かに「ううむ」と、唸《うな》った。

「それがうら交番の秘密なのかな」

「私もそんな気がしてきたんです。柏村さんが救いたい人は、昭和に起きた冤罪事件の犯人じゃないかって」

「現代の技術で冤罪を晴らして欲しいってか……つまり、その人物はまだ生きているんだな？」

「可能性のひとつとしては外れていない気がします。あの時代に柏村さんの周辺で起こった事件を調べて、犯人が生存しているものをピックアップしてみたら」

「そうだな。調べてもらうようピーチに話してみるか」

平野はそう言ってから、

「危険な目には遭わなかったか」と訊いた。

「大丈夫です。それと、話を戻して月島署の件ですが、失踪《しっそう》したホームレスが管内にいないか、同期にも訊いてみました。中央署の分はすぐに調べてもらえそうなので、何かわかったら連絡します」

「俺も徳兵衛さんを捜してみるわ。大事なリュックを預かっているしな。直接話も聞きたいし」

「ありがとうございます。いつもの場所にいない場合は、滝の広場を見てください。あのあたりから神田《かんだ》くらいまでがテリトリーです」

「わかった。あとでまた連絡する」

「よろしく伝えてください。戸来さんのことを心配してたし、傷ついているかもしれないし」

「あのな、俺は刑事で、刑事の対応しかできないぞ」

「せめて優しく」

平野はチッと舌を鳴らした。

「わかったよ」

「ありがとうございます」

電話を切ると、恵平は外出の準備を始めた。

警察学校はパソコンの持ち込みを禁じているので、ネットを使った調べ物はスマホでしかできない。一番近い図書館は午前九時に開館するので、昭和の事件について調べてみよう。平野が言っていたように、DNA鑑定には最速でも二日ほど時間が必要だ。そのうえ昨日今日は休日なので、戸来さんのDNAが被害者のものと一致するかの判明は、早くて水曜くらいになるだろう。その他の部分遺体に関しては行方不明者のDNAが手に入らないと照合できない。今以《もっ》て被害者が判明しないのも、警視庁でストックしている行方不明者のDNAに適合するものがないからだ。

マイクロバイオームだったっけ？

恵平は聞き慣れない言葉を手帳にメモした。捜査本部では今回の事件の動機を『歪《ゆが》んだ正義感に根ざす社会的弱者の根絶』と見て捜査する方針のようだから。

社会的弱者を根絶することができると、犯人が本気で思っているはずはない。聞こえのいい言葉とすり替えているだけで、根底にあるのは人を殺してみたいという欲望や、歪みきって独善的な正義感だろう。そういえば、若者がゲーム感覚で弱者を狩った事件があった。犠牲者はホームレスに限らず、酔っ払いや年配者や、襲いやすい人々だった。恵平はメモ用紙から目を上げた。

「でも、あれ？」

何か変だと思う。

「どうしてマイクロバイオーム？」

平野は最先端の技術だと言った。ヒト由来の細菌を使って汚水などの悪臭を取り除くのだと。

「汚水を使って殺したの？　それとも死体を処理しただけ？」

被害者の一人が圧縮されて死んだことから推測するに、犯人は人間をゴミ同様に扱うことで快感を得る変質者だとも考えられる。そうならば、様々な処理施設を使うことで殺害の手口を変えて楽しんだのかもしれない。それとも、事件を起こした場所からたまたま都合のよい処理施設を選んだということなのだろうか。

そもそも、どうやって被害者を選ぶのか。一人は確かにホームレスだったとして、遺体が出たのはマイクロバイオームって……それは中央清掃工場の施設ではなく、死亡推定日時も今回の事件より前だ。恵平はガシガシと髪の毛をかき回した。

赤痢を恐れる気持ちを利用した帝銀事件。ならば今回の殺人も、感染症と関係があるのか。深夜パトロールで目にした東京は、人よりネズミの数が多かった。どんなときにもこれほど閑散とした風景を見たことがないと、先輩たちは言っていた。酔っ払いもケンカもスリも影を潜めて、空き巣の被害や家庭内暴力や小競り合いが増えた。感染者が近くにいるから排除して欲しいという通報も。

「……なに？　犯人は何をしたいの？」

両手で目頭を揉《も》んだとき、頭のなかで柏村が言った。

――背景にあるのは金だった。如何《いか》に凄惨《せいさん》で多数の犠牲者が出ようとも、犯人が手に入れようとしたのはただの金だ――

複数の視点と多方向の視野で事件を見よう。

でも、普通の人には考えられない理由で犯罪を起こす者はいる。

人間をゴミ同様に扱って、どんな得があるのだろう。

恵平は立ち上がる。いくら考えてもわからない。そもそもじっとしていることが苦手だ。雑巾《ぞうきん》を持って洗面所へ行き、部屋中の掃除を終えてから外出した。

駅近くで軽い朝食を取ってから、府中市立図書館で調べ物をしたが、柏村が追っていると思《おぼ》しき事件はあまりに多く、特定することもできずに終わった。

平野から電話がきたのは午後五時過ぎで、徳兵衛にはようやく会えたが、大した話はできなかったと言った。

「とりあえずリュックは返してきたぞ。話も優しくしておいた。ケッペーちゃんによろしくだってさ。どう転んでもDNA検査の結果はケッペーから伝えるのがよさそうだよな」

「わかりました。外出届けを出しておきます」

警察学校にいるうちは、用事がなくとも外出届けは出しておけと、平野は言った。

「出かけないなら出かけないでいいからさ。出してさえおけば安心だろ？」

「臨機応変ってことですね」

恵平は笑い、連絡を待っていますと平野に告げた。

その一方で、被害者と戸来さんのDNAは一致するはずだという妙な確信が心にあった。リュックの底に本を残して、戸来さんがいなくなるはずはない。なにを置いてもあの本だけは持っていくに決まっている。平野の電話を切ったとき、警察学校の図書室で同じ本を借りてみようと考えていた。


予測より少し早い火曜日の夜。

就寝時間の直前に、恵平は平野から報告を受けた。戸来さんの持ち物から検出したDNAが被害者のものと一致したというのであった。予測していたことだけど、当たって欲しくなかったと思い、一方で、事件が解決に向けて一歩進んだ感覚もあった。個人と警察官の価値観は、時折大きく矛盾する。

「遺骨は遺族や引き取り手が見つからないと無縁塚行きになる。ホームレス仲間はお別れを言いたいかな？　来週頭に火葬になるが」

平野が訊《き》いた。身元不明者や引き取り手のないご遺体は、一定期間保管庫に置いてから火葬されて遺骨になって、遺骨は一定期間を経ると無縁塚に埋葬される。警察に残るのは書類のみだ。ホームレス仲間と言われて恵平の頭に浮かんだのは、メリーさんと徳兵衛さんだった。

「今ならまだ保管庫に？　会ってお別れを言えるんですか？」

「会うのがいいかどうかって問題もあるけどな」

遺体の損傷が激しいからだ。

「そうですね」

と、恵平は言った。家族なら、どんな姿でも会いたい気持ちはあるだろう。でも、仲間の最後を見ることは自分に重ねて辛《つら》いかもしれない。

「徳兵衛さんに報告するのに、次の休みもそっちへ行きます。そのときにお別れしたいか聞いてみますね」

「DNAの件はお手柄だったな」

「私的には外れて欲しいと思っていたので、推測どおりは嬉《うれ》しくないです」

「そうだな」

と、平野は言った。そう言ってくれる平野が先輩として好きだと思った。

「あとな、ほか二名の身元も判明したぞ」

俯《うつむ》いた鼻先に野の花を差し出すように言われて、恵平は「え」と目を上げた。

「残念ながらホームレスだった。ケッペーが同期生に声をかけたから、各署から捜査本部へ直接報告が上がってきたんだ」

それを聞いて胸が躍った。ホームルームのとき武光が一緒に各班を回ってくれて、仲間たちに事情を話し、協力を仰いだのだ。それぞれが直接恵平に伝えてくることはなかったが、警察官らしく上司を通して、然《しか》るべき筋に情報が流れたということだ。

「普段はホームレスが失踪《しっそう》しても問題視されないが、改めて聞き込みすると『言われてみれば』って程度の話で、神隠しの噂は五月前後からあったらしいや。中央清掃工場で見つかった一人が六十三歳の女性で、生活保護を申請していたんだよ。郷里の実家に弟がいて、そっちへ帰れないかと担当者が連絡を取り合っていたことから、DNAを照合できて身元がわかった。しばらく実家に身を寄せるという話がついて、弟が迎えに来たら消息がわからなくなっていたそうだ」

「そんな……」

「もう一人は久松署の水品が見つけてきた。あいつは炊き出しのボランティアをやっていたからそっち方面に顔が利くんだ。まだ若い三十代のホームレスで、エヘラさんっていう癌で死んだホームレスのバラックに、こっそり棲《す》んでいたらしい」

河川敷の住人だったのか。

水品や平野とバラバラ事件の捜査をした昨年の暮れ、大晦日《おおみそか》の炊き出しにホームレス仲間が集まっていた。寒空に湯気の立つ豚汁やそばを食べていたあの中に、その人はいたのかもしれない。素性も、名前すら知らない人たちの姿は、恵平の脳裏にありありと焼き付いている。静かで穏やかな人たちだった。

「清掃工場で見つかったDNAのひとつが若い男性のものだと聞いて、水品がピンときたらしい。死んだエヘラさんの住処《すみか》に若いのがいたのを覚えていたんだ。幸い生活用具からDNAが採れた。エヘラさんの分と、若いヤツと」

「その人、前の住人の品を使っていたんですか？」

「そういうことだ」

「結局は……三人ともホームレスの人だったんですね」

「マイクロバイオームの骨を入れると四人だけどな」

「被害者はもっといるんでしょうか」

「わからない」

と、平野は言った。

「どうしてそんなことをするんでしょう」

「俺に訊くなよ。月島署が捜査してるよ」

恵平は唇を嚙《か》んだ。

「私、腹が立ってきました」

「ケッペーだけじゃないぞ。俺も水品も、ピーチもだ。猛然と腹が立っている」

「ホームレス狩りをやっているんですかね」

「可能性はあるかもな。都内全域で夜間パトロールを強化することになったんだが、感染防止策との狭間で現場は頭を抱えているよ。あとさ、今回のことで、俺は収集作業員の苦労が身に染みた。あれって聖職だったんだなあ」

「集積プールで作業したからですか」

「普通はプールになんか潜らないけどな」

と、平野は笑い、

「ゴミに関わるのは命がけだと初めて知った。もっと感謝しないとな」

「本当ですね」

「奴らスゲえんだぜ。とんでもなく細い道へも入っていって、バックで戻って来るとかさ、聴取を手伝っているうちに目からウロコが四、五枚落ちたよ。プロフェッショナルってカッコいいよな」

「先輩もプロフェッショナルじゃないですか。早く犯人を挙げないと」

「今回の捜査本部は捜査支援研究室から捜査心理学の専門家が派遣されて、犯人のプロファイリングをしているんだぞ」

警察庁には科学警察研究所といって、科学捜査の研究や実験を通して犯罪防止を目指す附属機関がある。その業務内容は多岐にわたるが、捜査支援研究室は犯罪行動科学部に属し、犯罪プロファイリングの研究もしている。恵平は、末端の片隅にようやく自分が立った組織を見上げるような気持ちになった。柏村の時代に、もしもこれがあったなら。そう思うそばから、犯罪がまったく減っていないという現実を考える。

「ちょっと安心できました。メリーさんたちのことが心配だったので」

「こっちは山川が見てくれてるから気にするな。あ、それと今日、ダミさんに会ったぜ」

「元気でしたか？　売り上げが落ちて凹《へこ》んでいませんでしたか」

「署に弁当届けに来てたけど、相変わらずのチャラさだったよ。ケッペーに頑張れって伝えてくれって。卒業したら焼き鳥食べに来いよって言ってたけど、今後の状況次第だな」

「はい。でも、きっと行きます」

じゃあな、と平野は通話を切った。

今の話は一端に過ぎず、月島署ではもっと多くの情報を握っているはずだと考える。被害者の本名や身体的特徴、人間関係に、行方不明になった状況、遺体の様子、遺留品、凶器となった清掃車や現場の写真、あらゆる情報を共有して、捜査員はより深く被害者に入り込み、被疑者の闇を覗《のぞ》き込む。

捜査に関わるというのはそういうことだ。

広範囲に散らばっている証拠をパズルのように組み合わせ、境目がピッタリいくか確かめる。隙間が見えたら強引に進めてはいけない。地道な捜査をしていくうちに線は一本につながって、犯人へと辿《たど》り着く。疑うことだ。甘んじてはいけない。柏村の声が頭に響く。捜査をしたい、と、恵平は思った。

塵《ちり》か埃《ほこり》ほどしかない証拠を集めて犯人に辿り着きたい。

そして、また起きるかもしれない犯行を止めるのだ。

――仕事は嫌いじゃなかったが……生きて救出できるのなんかホントに稀《まれ》で……できればその前に助けたいなと。そうしたら、警察官かなと――

いつかの朝の武光が笑う。

そうだ、私は刑事になりたい。私は刑事になりたかったんだ。

恵平は、警察官という仕事に対する自分の声を初めて聞いたように思った。


土曜日の朝。七時を待って警察学校を飛び出した。

徳兵衛さんに直接会って、戸来さんの不幸を伝えるためだ。そして言わなければならない。いま、先輩たちが懸命に犯人を追っているからと。

東京駅へ向かう電車の座席で向かい側の車窓を眺めながら、恵平は意識の中で犯人を追う。専門家がするプロファイリングのように、人種や年齢や性別や、生活様式や家族構成まではわからないけれど、こんなことができる人間の根性が腐っているのは間違いない。そいつを捕まえたら集積プールで溺《おぼ》れさせ、戸来さんが人生の最期に見なければならなかったものを見せてやりたい。それは家族の顔でも仲間たちの顔でも、病院の天井や青空でもなくて……考えれば考えるほど、戸来さんが可哀想になって洟《はな》を啜《すす》った。そして、とっさに周囲の乗客の顔色を窺《うかが》った。

鼻水が出る、クシャミをする、そういう誰かを見かけたときに、『お大事に』と言える環境がどんなに大切だったかと、今さらのように考えていた。

東京駅に降り立つと、丸の内側北口ではなく南口から構内を出た。おもて交番に立ち寄って、強化された夜間パトロールの苦労をねぎらおうと思ったからだ。

交番勤務のときは交番内で食べる食事のおかずをよく買いに行かされた。先輩たちの好みはそのとき覚えてしまったので、駅ナカのコンビニで漬物と佃煮《つくだに》とお茶漬けを買ってきた。この日は山川巡査が立番《りつばん》していて、恵平に気がつくと丸顔をほころばせて「やあ」と言った。

「おはようございます。お疲れ様です」

頭を下げると、

「まさか東京駅に会いに来た？」

と訊《き》く。

「駅より先輩の顔を拝みに来ました。はい、これ差し入れです。伊倉巡査部長の好きな浅漬けと、洞田巡査長の好きな佃煮」

「ぼくのは？」

「お茶漬けもちゃんと入っています」

ぽっちゃり体型の山川は、レジ袋を受け取って相好を崩した。

「よし、じゃあ今日はご飯を多めに炊いちゃうぞ」

交番勤務は何が起きるかわからないので、交番内の小さなキッチンでご飯を炊く。二十四時間体制になるので、手が空《す》いたものから食事をとれるように工夫されているのだ。山川が差し入れをキッチンへ持っていくあいだ、恵平は交番の前に立ったが、やはり観光客は少ないらしく、道を訊《たず》ねにくる者もいない。

「忙し過ぎるのも大変ですけど、誰も来ないのも変な感じですね」

「そうなんだ」

山川のマスクは少し小さい。顔の真ん中にマスクがあると、ぬいぐるみのクマのように見えてかわいらしい。

「最近、夜はどうですか？　パトロールを強化しているんですよね」

「未《いま》だかつて見たことのない光景が広がっているよ。渋谷《しぶや》のスクランブル交差点なんか、全然スクランブルにならないんだから」

「夜間は人目もないんですね」

「防犯カメラだけだね」

山川はそう言ってから、マスクを直して恵平を見た。

「月島署の事件が心配なんだろ？　大丈夫。Y26番さんも、M10番さんも、はとバス口の人も、みんな元気だよ。もしかしてそれも確かめに来たの？　この時間にはもういないと思うよ」

「そうじゃなく、被害者の身元がわかったので」

「ああ」

と、山川は残念そうな声を出す。

「通報者の知り合いだったんだってね」

「はい。まだ本人に知らせてないので、これから捜して伝えようと思って。ご遺体が保管庫にあるうちに」

「堀北らしいな。普通はそこまでしないよ」

「でも、すごく心配していたし」

ポンポンと、山川に肩を叩《たた》かれた。

「元気出しなよ。堀北のせいじゃないんだし、辛《つら》い知らせを持っていくのも、確かにぼくらの仕事だしね」

「そうですね。はい。行ってきます」

恵平は微笑んで、おもて交番を後にした。

念の為にY口26番通路の周辺を歩いてみたが、やはりメリーさんの姿はない。地上に出てから日本橋を目指す。徳兵衛さんに会ったらそのままぐるりと歩き通して、会えても会えなくてもいいから呉服橋ガード下の『ダミちゃん』に顔を出し、丸の内北口まで戻ってペイさんに会い、府中へ帰って、市立図書館で調べ物をしてから学校へ戻ろうと考えていた。捜査本部には精鋭が集結しているということだから、早晩犯人は捕まるだろう。考えてみれば、ゴミ収集車を使える人物は限られている。工場にシフト表があるはずだし、車を操作した人もすぐわかる。その中からマイクロバイオームの業務にも関係している人物を探せば、被疑者の特定は難しくないと思われる。もしかすると、捜査本部はすでに犯人に目星をつけているかもしれない。

恵平は空を仰いだ。

ビルの輪郭に切り取られた空は、いつ見ても薄水色か灰色だ。

最近は通りが次々に整備を終えて、歩きやすくてお洒落《しゃれ》になったが、植えられた街路樹はまだ若い。エジプトのミイラよろしく包帯でグルグル巻きにされて、枝先に生え出た葉っぱが好き放題の方向を向いている。サルスベリだろうか、幹が見えないと種類の特定が難しいものだなと思う。証拠品の検証にも通じる気がして、何を見ても捜査のことを考えてしまう。

徳兵衛さんが根城にしているガード下トンネルを目指して歩きつつ、恵平は、戸来さんを襲った不幸をどう話せばいいだろうと頭を悩ませていた。わかっているのだ。起きた事の悲惨さを思えば、どんな言葉も無力だと。だから単刀直入に真実を告げるほかないと。飾れば飾るほど言葉の力は衰えて、何もかもが嘘になる。伝えるべきは真実で、そのあとは徳兵衛さんのショックと悲しみを受け止めることしかできない。

あのあと、恵平は警察学校の図書館で戸来さんが愛読していた二冊を借りて、見ず知らずの男が愛した世界を覗《のぞ》いた。最高の飛行を望み続けたかもめのジョナサン、望む頭脳を手に入れたことで、知らなくてもいい真実を知ってしまったチャーリイ。ボロボロになった二冊の本を思い出しながら、恵平は徳兵衛のトンネルを目指す。

時刻は午前九時を過ぎていた。

初めは、体調を崩した徳兵衛がまだ寝ているのかと思った。

ガード下トンネルを離れるときは、必ず台車に荷物を積んでロープで縛り、通行人の迷惑にならないようにトンネル中央の壁際に置いていくのに、段ボール箱の風除《かざよ》けや、下からの冷気を防ぐ毛布などが歩道に開かれていたからだった。

風除けの段ボール箱は一部が倒れ、毛布は車道と歩道の間にはみ出している。畳んで壁に立てかけてあるはずの台車が、少し離れた場所に斜めになって置かれているのを見て、恵平は駆け出した。昭和に横浜で起きたというホームレス連続襲撃事件が頭を過《よ》ぎったからだった。

「徳兵衛さんっ！」

段ボール箱や毛布に埋もれて徳兵衛が倒れていると思ったのに、駆けつけてみればもぬけの殻だ。レジ袋を詰め込んだスーパーの袋も、調理に使う雪平鍋も、古い卓上コンロや枕代わりの座布団も、着替えを入れた布袋も、戸来さんのリュックも残されている。布袋からはみ出た靴下の片方が風で壁際に飛ばされていて、そこら中にレジ袋が散らばっていた。

「うそ……なに……どうしたの？」

見回しても徳兵衛の姿はない。荷物を縛ったり、段ボール箱の壁を固定するのに使うロープがだらしなく地面に伸びるばかりだ。

トンネルを通る歩行者が車道を突っ切って反対側の歩道へ渡り、不思議そうな顔で恵平を見ながら通り過ぎて行く。風に飛ばされたレジ袋を拾い集めていると、小さな紙片が混じっているのに気がついた。恵平はそれを拾い上げ、煉瓦《れんが》壁の凸凹を拾った汚い字で、自分が徳兵衛に当てたメッセージを読んだ。

——徳兵衛さんへ　リュックを返しに来たけど会えなかったので持ち帰ります。大切に保管しておくので必要になった場合は連絡ください。誰かに届けてもらいます。連絡がなければ来週末にまた来ます。体大切にしてください。恵平——

こんな紙切れを、大切にとっておいてくれたんだ。

恵平は唇を噛《か》み、壁際に倒れた台車を近くへ運んだ。スマホのライトを点灯し、徳兵衛の寝床を隅々まで照らす。どこかに血痕《けっこん》がないかと思って見たが、幸い血液の痕跡はない。恵平は次に、徳兵衛が作った巣を客観的に眺めてみた。毛布は車道にはみ出している。地面に敷いたブルーシートに段ボール箱を何枚か重ねて、座布団は二つ折りになっていて、雪平鍋にはインスタントラーメンを作った跡があり、お茶のペットボトルは飲みかけのまま転がっており、着替えを入れた袋は敷き布団代わりにされて潰《つぶ》れている。つまり、徳兵衛さんはここで眠ったのだ。眠っていたけど何かがあって、慌てて寝床を抜け出したんだ。何があったの？　わからない。

恵平はねぐらの様子を写真に収め、徳兵衛の着替え袋から軍手を借りて手にはめた。

鑑識で学んだ経験から、考えるより先にしたことだった。

段ボールを回収して、写真を撮って、毛布を畳んで、また撮って、荷物をすべて台車に載せて、地面の様子も写真に撮った。

あとは歩行者の邪魔にならないように荷物をまとめるだけなのだが、どうやっても徳兵衛のようにコンパクトにできない。仕方がないのでハンドルを中心に台車の前後に荷物を配し、とりあえずロープで縛ることにした。徳兵衛が大切に守っていた戸来さんのリュックは毛布でくるんで真ん中に入れる。これが置きっぱなしであることに、胸騒ぎが止まらない。唯一の救いと思われたのは、徳兵衛の大切な仕事道具が残されていないことだった。

朝までに仕上げる急ぎの仕事で工場に呼び出され、こんな時間になっても悪戦苦闘しているとか。でも、それは徳兵衛さんらしくない。徳兵衛さんなら素早くここを片付けて、台車を引いて行くはずだ。

考えながらロープを結んでいると、スマホが鳴った。

「はい。堀北です」

電話は山川巡査からだった。

「堀北？　今どこ？」

「どこって、日本橋ですけど」

「よかった。じゃあさ、すぐにこっちへ戻って来れる？」

台車を壁際に寄せながら、恵平は訊《き》いた。

「何かあったんですか？」

「Y26番さんが交番に来てさ、お姉ちゃんお巡りさんを呼んで欲しいと言ってるんだよ」

そしてこう付け足した。

「あの人が喋《しゃべ》るの、初めて聞いたよ」

メリーさんが交番に？

握っていた台車のハンドルが、突然重くなったように感じた。

「山川先輩、メリーさんと電話を代わって下さい」

「そう思ったけどダメなんだ。お婆さん、椅子にも座らずウロウロソワソワするばっかりで、何を訊いても『お姉ちゃんお巡りさん』しか言わないんだよ」

「わかりました、すぐ行きます！　メリーさんをどこにも行かせないでください」

「え、ぼくが相手するの？　え」

恵平は台車から離れ、山川がブツクサ言っている間にスマホを切って駆け出した。

駆けながら考え、一瞬だけ足を止めて平野に電話する。また走りながらビルの隙間に突っ込んで、先の道路へ抜け出したとき、平野が出た。

「俺だ」「先輩っ！」

恵平は叫んだ。

「おもて交番へ来て欲しいです」

「はあっ？」

明らかに気分を害した声だったが、めげずに恵平は畳みかける。

「日本橋に来てみたら、徳兵衛さんがいなかったんです。いつもの場所に段ボールハウスを残したままで、いなくなってしまったんです。それで」

道路を突っ切り、次の隙間へ入った。体を横にしてカニのように隙間を進む。

「メリーさんがおもて交番に来たと山川巡査から電話があって、だから、たぶん、メリーさんは何かを知っているんです。そうでなきゃ自分から交番へ来るはずがありません。緊急事態が起きたんです」

「はあ？　って、チョイ待て。何か知ってるって、何をだよ」

平野はしばし言葉を切って、本来言うべきことを言わないままに、話を逸《そ》らす喋り方をした。

「ていうか、あの婆さんはケッペーにしか話をしないんじゃないのかよ」

「私も向かっているけど先輩も来てください。徳兵衛さんがいなくなった現場の写真を撮ったので、ピーチ先輩に分析を」

「はあ？　あのな……」

また言葉を切ってから、

「ったく」

と、平野は吐き捨て、電話を切った。

次の隙間は大変狭い。恵平はスマホをポケットにねじ込むと、振りかぶる投手のように両手をあげて、グギガギガキッと肩の関節を外した。野山を駆けまわっているうちに体得した特技である。顔も体も斜めにしたまま、四十センチに満たない隙間を強引に抜けていく。丸の内西署に配属されて八ヶ月あまり。初めは迷路のようだと思った東京駅周辺の地理も、今ではすっかり頭に入った。日本橋二丁目あたりから八重洲中央口の手前まで、街を斜めに横断し、平野よりわずかに早く東京駅おもて交番へ到着した。

「お姉ちゃんお巡りさんっ！」

メリーさんが交番を飛び出してきたとき、通りを駆けてくる平野が見えた。

「メリーさん、私、いま」

「徳兵衛さんも連れて行かれたの！」

息が上がった恵平の両腕を、メリーさんは摑《つか》んで、一気に言った。

「連れて行かれたのよ。神隠しに遭ったの」

「はあ……ひー……大丈夫かよ」

髪を乱して平野も到着する。どんなときにもマスクが邪魔だ。邪魔だけど、どうしようもない。恵平は俯《うつむ》いてマスクの両端をわずかに持ち上げ、何度か息を吸ってから、またマスクをしてメリーさんを見た。荒い呼吸を整えながら、息がかからないように少し離れる。走って来た平野もヒイヒイ言っている。山川だけがいつもの調子で、

「二人とも、水でも飲んだら？」

と、呑気《のんき》に訊いた。恵平はメリーさんを交番に押し戻し、交番内が狭いことに気がついて、その場で彼女にこう言った。

「私……今……徳兵衛さんのところに行って……」

喘《あえ》ぎながらポケットをまさぐってスマホを出した。ガード下トンネルの様子を撮影した写真を呼び出し、平野のほうへ画面を向ける。

「メリーさんもあれを見たのね？　寝床の片付けをしないまま、徳兵衛さんが出かけ

るはずはないから」

メリーさんは祈るように両手を合わせ、コクンコクンと頷《うなず》いた。

「清掃工場で見つかったのがホームレスの死骸《しがい》だったと新聞に出たの。一昨日《おととい》の夕刊だったわ。今朝、雑誌集めをしていてそれを見つけて、慌てて徳兵衛さんのところへ行ったの。そうしたら……」

唇を震わせている。

「徳兵衛さんも連れて行かれたと思うのね？」

メリーさんは恐怖に怯《おび》えた表情だ。

「まあ、落ち着け……って、二人とも」

平野は髪を搔《か》き上げて、ため息を吐いてから、こう言った。

「被疑者は身柄を拘束された。月島署の捜査本部で、話を、聞いてる、最中なんだよ」

「え」

恵平は振り向いた。

「被疑者って、清掃工場に遺体を捨てた犯人ですか？　それとも戸来さんの」

「そこはまだわからない。でも、とにかく被疑者は捕まったんだ。徳兵衛のオッサンは無事だと思うぞ」

「誰だったんですか、犯人は」

「名前を聞いたら知り合いなのかよ」

と、平野は笑った。

「プロファイリングに基づいて関係者を当たったんだよ。社会的地位が低い状況にいるもののエリート志向を持つ三十代から四十代の男性で妻帯者。社会的弱者を自分の境遇に重ねて毛嫌いし、感染症の影響から極限に達したストレスを、社会的弱者の一掃というかたちで解消しようとした」

恵平は息を呑《の》む。マスクの内側が汗で湿って、それが冷えて気持ちが悪い。

犯人が捕まったというのなら、徳兵衛さんは無事なのだ。

「工場のシフトとプロファイリングを照らし合わせて防犯カメラも確認した。そうしたら、犯行時刻に、血痕《けっこん》があったパッカー車で乗り出していた人物を見つけたんだ」

「車って、そんなに簡単に持ち出せるんですか?」

「工場の作業員ならな。ゴミの量によっても行ったり来たりの回数が違うし、現状はゴミの収集が間に合わなくて、時間内に仕事を終われないことも多いから、厳密に稼働時間をくくれない状況になっていたんだ」

「作業員だったんですか? どうしてすぐにバレるような犯行を」

「そこはこれから調べるさ」

「一人の犯行だったんですか？　ゴミ収集って、普通はチームで動くんじゃ」

「原則はそうだけど」

「一人で荷箱に人を積めますか？」

平野が答える。

「パッカー車の荷箱は低い。収集しやすいように工夫されているんだよ」

「その人、自白は？」

「まだだ」

引き続き恵平の写真を確認しながら平野は言った。

「徳兵衛さんだけど、たまたまってことはないのかよ。急に腹を壊してトイレから出てこれないとかさ」

「でも、ちょっとここを見てください」

恵平はスマホを受け取り、何枚も撮った写真から一枚を抜き出した。

毛布がはみ出た道路脇の、砂や埃《ほこり》の吹き溜《だ》まりを撮影したものである。拡大すれば薄《うっす》らとタイヤの跡らしきものが見える。

「タイヤ痕《こん》だな」

「だと思います。でも、ついている場所が変なんです。縁石に触れたら車が傷むから、普通はこんなに脇を走りませんし、そもそも走って痕跡は残りません。歩道ギリギリに車を止めて、静かに発進していった跡だと思う」

「たしかにな」

と、平野も言った。

「そのとき車道に落ちた段ボールを踏んでます」

恵平は次の写真を出した。

「こっちはタイヤ痕がハッキリと残っています。普通車のものじゃないみたい」

「まさかパッカー車と思ってんのか？」

平野はわずかに眉《まゆ》をひそめた。

「それでピーチに鑑定して欲しいと言ったのか」

「徳兵衛さんの性格からして、片付けもせずに移動するはずないんです。トイレから出られないというのはその通りかもしれないと、ちょっと思ったんですけれど、そうならメリーさんがここへ来るはずないし」

「いなくなったのは真夜中から未明よ。寝ていた跡があったから。それにお腹はこわしていない。徳兵衛さんなら戸来さんのリュックを担いでトイレへ行くはずよ。置きっぱなしにしたりしないわ。リュックは盗《と》られやすいから」

恵平はメリーさんの腕に手を置いた。

「私もメリーさんと同じで、徳兵衛さんは連れて行かれたんだと思います」

「誰にだよ？　月島署はまだ発表していないけど、被疑者は勾留《こうりゅう》中なんだぞ」

帝銀事件だ、と恵平は思った。

似たような事件が繰り返し起きる。犯人が逮捕された後でさえ。

「犯人が収集作業員かは、まだ取調中なんですよね。作業員がパッカー車を使うって、あまりにも短絡的だし、あと……あと……犯人が複数いる可能性はないですか」

平野は初めて眉間《みけん》に縦皺《たてじわ》を寄せた。

「歪《ゆが》んだ正義感を持った野郎が他にもいるって言うのかよ。そいつらが似たような事件を起こしてる？　事件が起きたばっかりで、今は夜間にパッカー車を使えないんだぞ。徳兵衛のオッサンを、なんのために、どこへ連れて行くって言うんだ」

どこへ？　それが問題だ。

体中の血管を、ザラザラと砂が流れる気がする。砂は心臓に入って、詰まって、泣きたいほどの痛みを感じる。焦りも感じる。

戸来さんはどう死んだ？　もしも徳兵衛さんが同じようにパッカー車の荷箱に拉致《らち》

されていて、そしてパッカー車が動いたら。

「日曜はゴミの収集が休みですけど、でも、今日はまだ土曜日です」

と、恵平は言った。

ゴミ収集車で殺すこと、ゴミ捨て場に遺棄することが犯人には重要だったのか。たぶんそうなのだろうと思う。それが犯人の自己顕示欲を満たしていたのだろうか。パッカー車に閉じ込められた戸来さんは、収集が始まるまでは生きていたのだ。

「戸来さんが死んだときにも、被疑者はパッカー車を操作していたんでしょうか」

恵平は平野に聞いてみた。

「いや。死亡当日は可燃ゴミ収集のシフトに入っていなかった。前日の夜、被害者が拉致監禁された日もシフトに入っていなかった。可燃ゴミではなく資源ゴミの回収に回った後で、夜間にパッカー車を乗り出したんだ」

「じゃあ、実際に回転板を操作したのは他の作業員なんですね？」

「そういうことだ。どうなるかわかっていたから、自分では直接手を下さなかったんだろう。それか、悪意から別の人間にトラウマを与えたのかもしれないし」

戸来さんは中にいた。操作していたのは善意の第三者だ。そのとき『助けて』と声が出せたら、偶然パッカー車の荷箱が開いたなら、戸来さんは死なずに済んだ。その恐怖、その絶望、その苦しみを思えば心臓が縮む。

「だとしたら、もの凄《すご》く冷徹で犯行に慣れているってことですよ。被疑者はそういうタイプなんですか？」

「俺に訊《き》くなよ。逆に自分じゃ手を下せないチキンかもしれないだろう」

納得できない。と、恵平は思った。

「だとすれば、人を人とも思わないような犯人像とはかけ離れていませんか？　プロファイリングと矛盾しませんか」

「何が言いたい。言ってみな」

恵平は半歩前に出た。山川がオロオロしながら二人を見ている。

「柏村さんに聞いたホルマリン漬けの犯人みたいに、残虐な人間は残虐行為を体感したいはずじゃないかと思うんです……なのに操作は他人任《ひとまか》せって、変ですよ。だから、えーっと……つまり……もしかして……」

疑え、と頭のなかで柏村が言う。犯人を挙げなければならないプレッシャーに溺《おぼ》れることなく、証拠を検証しろと柏村は言う。甘んじるな、疑えと。

恵平は首をひねって唇を嚙《か》み、考えてから、こう言った。

「動機がズレていないかなって。動機が違えば犯人像も違ってきます。単独犯か複数犯かも変わってくると思うんです。もしもまだ犯行が続いているなら」

「徳兵衛さんはどうなるの？」

泣くような声でメリーさんが言う。平野はメリーさんに目を向けた。

「たしかに土曜は収集があるよ。ただ、今現在は、作業前に必ず荷箱を開けて内部を確認することにしたんだよ。万が一徳兵衛さんが荷箱に押し込められていたとして、確認もせずに回転板を動かすことはない」

「でも、被疑者が捕まって安心してしまったら」

「俺たちは清掃工場の監視人じゃないんだぞ。実際どうかは、それぞれの作業員に任せるしかない」

それを聞くとメリーさんは、ヘナヘナと地面に座り込んでしまった。

山川は慌てて奥へ引っ込み、コップに水を汲《く》んで戻って来た。

「ほら、お婆さん、これ飲んで。大丈夫だから、ね？　きっと大丈夫だから」

甲斐甲斐《かいがい》しくメリーさんを介抱してくれる。

「畜生、マジかよ」

本気でブックサ言いながら、平野はすでに電話をかけていた。

「河島《かわしま》班長、平野です。おもて交番へ来たところですが、日本橋を根城にしているホームレスがひとり行方不明になっているようです。念の為捜査本部に連絡して、清掃工場の車を確認させてもらえませんか？　はい。そうです。どうも嫌な予感がするんで……現場に荷物を置いたまま、ええ、そうです。行方不明者は男性で、名前は」

「徳兵衛さんです」

「名前は徳兵衛。年齢は」

「七十前後よ」

と、メリーさんも言う。山川にもらった水を飲んで立ち上がり、胸の前で拳《こぶし》を握る。

老舗《しにせ》餅《もち》店を切り盛りしてきた大女将《おかみ》の表情になっている。

「徳兵衛さんは神田の町工場で板金工をやってる人です」

「工場の名前は『有限会社オガタ部品』よ」

恵平とメリーさんが交互に伝え、平野はそれを上司に言った。

「失踪《しっそう》は昨晩のようですが、時間まではわかりません。失踪場所は……」

平野は恵平を振り向いた。

「地図を見れば説明できます」

「中に入って、地図を出すから」

山川に誘《いざな》われて、結局みんなで交番に入った。山川がテーブルに広げた地図を調べて、恵平が徳兵衛がいた場所を平野に伝える。平野はそれを班長に伝え、指示を待ってから電話を切った。

「班長からいま聞いた。ケッペーが言うとおり複数犯の可能性が出てきたそうだ。勾《こう》留《りゅう》中の被疑者は、ホームレスを拉致していないと言っている」

「どういうことですか？」

平野は鼻から息を吐き、ガリガリと髪の毛をかき回した。両目が光を帯びている。

「ターンボックスだよ」

「え」

ターンボックスは、過ちをなかったことにする魔法の箱だ。そこでは価値のないものを、価値あるものに変えることができる。『匣《はこ》』という名前でネット上に現れて、違法薬物などを販売し、ときには嬰児《えいじ》の死体も引き取る。

全容解明は成されていないが、相談次第でなんでも引き受ける胡散臭《うさんくさ》い闇サイトであるのは間違いない。

「勾留中の被疑者がターンボックスの名前を出した。どうしても金が入り用になって、あまりヤバそうじゃないアルバイトを探しているうち『匣』に行き着いたと言っている。そこで見つけたのが、施設から持ち出したパッカー車を一時間だけ貸し出すバイトだ。相手は可燃ゴミを大量に出すのに車を借して欲しいと言った。ゴミは自分で積み込むし、報酬は二万円。被疑者は車で回収に出たふりをして、依頼人のゴミを積み、そのまま車庫に戻したそうだ。パッカー車に積まれたゴミはいちいち確認されないし、満杯にならなければ前日分を残すこともあるからバレない。まさか人が入っているとは思わなかったと」

「ターンボックス……」

「被疑者は五月にも二度、同じ手口で小遣いを稼いだ。最初は半信半疑だったが、相手は操作手順を知っていたし、金もその場でくれたので三度目も軽い気持ちで車を貸したと。どこかの企業が見られたくないゴミを出しているんだと思ったそうだ」

その二度で、ホームレスになったばかりの女性と、エヘラさんの住処《すみか》にいた三十代のホームレスが拉致《らち》されたのだ。

「車を貸した相手の人相はなんとなく覚えているから、モンタージュに協力すると言ってるってさ」

「モンタージュなんか作っても、徳兵衛さんを助けるのには間に合わないじゃないですか。すぐに清掃工場へ行って……」

「いや、事件後は管理が厳しくなっているから、パッカー車の持ち出しはできないはずだ。班長が日本橋の中央署に連絡すると言ってくれたから、すぐに署員が現場へ向かう。ケッペー、さっきの写真をよこせ」

恵平がスマホを出すと、

「画像データをピーチに送れ」

と言ってから、平野は桃田に電話した。

「ピーチ、俺だ。ケッペーの友だちのホームレスが拉致されたっぽい。現場写真を送るから、犯行に使われた車を特定してくれ。データは河島班長にも渡して、中央署へ送ってもらってくれ。写真を送るのは現場がすでに片付いているからだ。そうだ、事情を知らずに、ケッペーが片付けちまったんだよ」

「通行の邪魔になるからです。でも、素手では触っていませんからね」

大きな声でスマホに言うと、

「聞こえたか？」

と平野は訊《たず》ね、恵平を見て頷《うなず》いた。しばらく話して通話を終える。

「タイヤ痕《こん》は伊藤さんと課長がすぐに調べてくれるとさ。この情報は捜査本部と共有する」

「徳兵衛さんはどうします？　同じ目的で拉致されたなら」

動機がなんであれ、拉致の目的は殺人だろう。全身の毛穴がピリピリしている。滝の広場で、パンを食べていた徳兵衛さんの笑顔ばかりが脳裏に浮かぶ。

「焦って闇雲に動いてもダメだ。緊急を要するからこそ落ち着いて考えないと」

「オガタ部品に電話して、徳兵衛さんの携帯電話にかけてもらって」

メリーさんが横から言った。

「オッサン、携帯電話を持ってんのかよ」

「そうですよ、持ってるはずです。仕事の連絡を取るために」

「オガタ部品の番号はこれだよ」

山川が電話帳を差し出して、平野がすぐさま電話する。

「もしもし……こちらは丸の内西署の……」

メリーさんが恵平の袖《そで》を引っ張っている。

「都内の清掃工場だけど、ここ数ヶ月は家庭ゴミが増えすぎて臨時作業員を雇っているのよ。資格を持たないアルバイト。流行病《はやりやまい》からこっち、ゴミ収集はもっと危険を伴う仕事になって、通常の人たちだけでは回せなくなっているみたい。都内の清掃工場が全部同じ状況なのよ」

都内二十三区に清掃工場は二十以上ある。丸の内がある千代田区は工場がなく、一番近いのが中央区の清掃工場だ。戸来さんたちの事件でそこが使えなくなったから、徳兵衛さんを拉致していったのは有明《ありあけ》か、それとも港《みなと》区か、渋谷のパッカー車だろうか。でも、管轄区外のパッカー車が走っていたらひと目を惹《ひ》くはず。

「メリーさんはその情報をどこで聞いたの」

「たまたまよ。気をつけて欲しいとホームレス仲間を訪ねて回ったときに、清掃工場のアルバイトをしている人から話を聞いたの。事件のことも知ってたわ。でも、今はとにかく操業が止まると困るから、他ではむしろ焼却作業を早めているって」

「そんな……」

実際問題はそうだろう。操業がストップしたら、マスクやティッシュを含む危険なゴミが積み上げられてしまうのだから。

「その人も臨時の仕事は携帯電話で見つけるんですって。こんなときだから、すごく助かると言ってたわ」

感染症が拡大してから清掃工場は不特定多数が出入りしやすい状況であることはわかった。深く考えることもせず、わずかな金欲しさに素性も知らぬ相手から仕事を受ける人がいることもわかった。

頭のなかで何かが動く。人気《ひとけ》がなくなった夜の都会でホームレスを襲撃し、連れ去って残忍な殺し方をする犯人の、本当の目的は何なのか。被害者の一人はマイクロバイオームの処理工場で骨が見つかり、二人は集積プールで朽ち果てており、一人はパッカー車の荷箱で押しつぶされた。

でも、パッカー車はもう使えない。殺人事件が露見して、操業に警戒を伴っているからだ。清掃工場で見つかった遺体がホームレスだったということも、一昨日《おととい》の夕刊に書かれていたとメリーさんは言う。犯人はメディアやプレスを見ているはずだ。

それなのに、また徳兵衛さんを連れ去った。

「なんで……？」

と、恵平はこめかみに指を置く。

「考えるのよ。なんでなの？」

科学警察の発展で、冤罪率《えんざいりつ》を下げることに成功した二十一世紀。人のつながりは希薄になったが、街には防犯カメラが溢《あふ》れ、テレビどころか個々がスマホや携帯電話を持ち歩いている。いつでも世界と繋《つな》がれる。それなのに、はじき出される人は増え続けているのだ。みんなが貧しかった時代ではないからこそ、はじき出される人が増えるのだろう。犯人はなぜホームレスを狙うのか。突然消えても周囲は気にしないと思うのか。すぐに通報されないように殺人鬼が家出人や夜の女を狩るように。

恵平はメリーさんを見下ろした。丸くて小さく、普段は俯《うつむ》いてばかりいるメリーさんは、燃えるような瞳《ひとみ》で恵平を見上げている。

「徳兵衛さんはどこへ連れていかれたの」

と、彼女はまた訊《き》く。

「それを真剣に考えないと。メリーさんも一緒に考えて」

恵平はメリーさんの肩に手を置いた。手足を拘束されて、猿轡《さるぐつわ》を嚙《か》まされて、恐怖と戦っている徳兵衛さんの姿が過《よ》ぎる。頼みの平野は電話をしている。会話していないから、呼び出し音を聞いているのだ。

「くそ!」

と、平野は電話を切った。

「徳兵衛のオッサン電話に出ないぞ」

恵平は唇を嚙んだ。

柏村さん、と心で唱える。お願い、すぐにヒントが欲しいの。

「都内の清掃工場すべてに電話して、荷箱を確認せずに動かしているパッカー車がないか調べてもらおう。もう稼働している分は……」

平野は口元に指を当て、誰にともなく「くそう」と言った。

柏村は過去の人。未来が見えているわけじゃない。なのに、いつだってヒントをくれる。どうしてヒントを出せるのか、恵平の頭が素早く動く。

徳兵衛さんはゴミじゃない。戸来さんもゴミじゃなかった。なのにどうして……。

そのときだった。茨城で起きたという一家九人毒殺事件で、犯人がずっと白衣を纏《まと》っていたという、不自然な事実が思い出された。

——犯人が目立つ白衣をずっと着ていたわけですが、目立つことでその後の足取りを消す目的があったのではないでしょうか。それか、白衣で複数犯だったのを誤魔化したのかもしれません。顔や身体的特徴ではなく、白衣という記号で同一人物であると錯覚させた……——

そう言ったのは自分じゃないか。

恵平は閃《ひらめ》いた。多角的な視点と広い視野って、こういうことを言うんじゃないかな。

「目的は殺人じゃなく、お金だったらどうでしょう」

テーブルに広げた地図に覆い被《かぶ》さるようにして事態の成り行きを見守っていた山川が、顔を上げて、こう聞いた。

「街をきれいにするためじゃなく？」

人は悪気のないままに、自分や他人に順列をつけていることがある。街を汚すのは誰なのか。街をきれいにしているのは誰か。身なり正しい人でもゴミを捨てるし、そのゴミを片付けてくれているのは収集作業員だ。被害者がホームレスだったから、自分自身も知らないうちに犯人の価値観を知った気になっていたのだと恵平は思った。一人の遺体はマイクロバイオームを使った処理場で発見されている。ヒト由来の細菌を使って生ゴミや汚水を分解処理する工場だ。

「人を殺しても、街はきれいになんかならない。そんなこと、みんなわかってる」

思わず強い口調になったのは、自分自身の隠れた順位意識に気付いたからだ。

帝銀事件と一家九人毒殺事件、二つの背景にあったのは金だ。犯人がGHQの関係者でも、誰であっても、欲しかったのは金なのだ。ターンボックスは金のためのサイトだ。未成年や望まぬ妊娠をした女性、逃げ場のない人たちの相談に乗ってあげるふりをして、副作用のある違法薬物を販売したり、嬰児《えいじ》の死体を引き取って、おそらく薬餌《やくじ》として転売している。だから、たぶん……瞼《まぶた》の裏に犯罪現場が浮かぶ。それは警察官見習いとして遭遇した数々の事件や、柏村の時代に起こった猟奇事件、まともな神経では想像もつかない悪意の発想と、その結果だった。

恵平は、柏村が自分に乗り移ったような錯覚に陥った。

「事件に複数の人物が関わっているなら、目的はやっぱりお金でしょう。なぜって、お金は、赤の他人同士が共有できる手っ取り早い価値観だから」

「どこがどうつながったらホームレス殺しが金になるんだ」

平野が訊いた。

「ターンボックスが関わっているからです」

「薬餌か？　遺体はゴミに出してるんだぞ」

「ターンボックスの意味を考えたんです。なかったことにする。なかったほうがいいものをお金に換える。それがターンボックスでしたよね」

「だから？」

と、平野は眉根《まゆね》を寄せた。

「私たちはズレた方向から事件を見ていたんじゃないですか？　ホームレスの人たちは『いないほうがいい』と思った犯人が、彼らを抹消しようとしたという。でも、『いなくなってもわからない』人たちをお金に換えようとしたならば」

「どうやって金に換えるんだよ」

「殺人自体に意味はないんです。お金になるのは殺人じゃなく、殺人のあと死体を消す方法です。犯罪抹消ビジネスですよ」

「はあ？」

「最初のご遺体がマイクロバイオームを使った最先端の処理場で出た理由を考えてみたんです。犯人が一人じゃないってことも。戸来さんを車に押し込んだ人も、車を持ち出した人と同じで、押し込むだけのアルバイトをしていたらって」

「死ぬとは思わなかったってことか。殺し目的じゃなく、積み込むだけのバイトをしていた。そういうことか？」

「掲示板募集はなんとでも理由をつけられると思うんです。車を持ち出した作業員が相手の顔を覚えていることからも、本人は殺人の意識がなかったんじゃないかって」

「だから回転板の操作はしなかった。ホームレスを荷箱に押し込んで、小金を稼いでいただけか……なるほど」

平野は訊いた。

「だけど、それがどう金を生むんだよ」

「ターンボックスの売りは『なかったことにする』だから、その方法を模索しているんだとしたら？　犯罪の動線がダイレクトに主犯格とつながらないよう掲示板で協力者を募って、自分の手は汚さずに、結果をサーチしていたら？」

平野はアングリと口を開け、怯《おび》えた眼差《まなざ》しを恵平に向けた。

「おまえ……よくも、そんなこと……」

自分だってそう思う。

「柏村さんに会わなかったら、絶対に出てこない発想ですけど」

「お姉ちゃんお巡りさんの言うとおりだわ」

突然、メリーさんがそう言った。

「お姉ちゃんお巡りさんだからこそ戸来さんを気にかけてくれたのよ。普通はホームレスの失踪《しっそう》なんか問題にしないし、気にも留めない。焼却所から変死体が出たというだけで、事件は閉じていたはずよ。犯人の思うツボだわ」

山川と平野は顔を見合わせた。

「堀北がいなかったらDNAも照合できず、被害者も身元不明で、事件にもならずに終わってたってこと？　それはあるかも。こんな時だし」

「たしかにな」

と、平野が言った。

「堀北が大騒ぎするからぼくらも巡回に気をつけて、駅周辺のホームレスには被害が出なかったのかもしれないね。うん」

丸顔の山川は目を潤ませて頷《うなず》いている。

「でも、事件のことは新聞に載ってしまいました。戸来さんたちをパッカー車に乗せた人は今頃怯えているかもしれないけれど、その人が犯人じゃなかったら、犯行はまだ止まないと思うんです。主犯格は少なくとも四人を手にかけているし、戸来さんには殺人の証拠も出ているし、なのにまた徳兵衛さんを拉致《らち》したのなら、目的を果たせていないんですよ」

「目的って、人を完全に消す方法だよな？」

粉々にしても何かは残る。粉砕して下水に流された遺体からでも、捜査員は歯やインプラントの金具やＤＮＡを採取する。警察官が本気になったら、被害者の無念を晴らすことに躊躇《ためら》いを持たない。プロは執念で捜査をするのだ。

「だからもう、同じ手は使わないと思うんです。二度目はマイクロバイオームの処理場を使わなかったみたいに」

「新しい方法を試すのね」

メリーさんが呟《つぶや》いた。

「うん。わかったよ。都内に処理場がどれだけあるか調べよう」

と、山川が言った。

「特殊な施設はピーチに任せよう。土曜も操業している生体廃棄物の処理場とかだな」

生体廃棄物という言葉にゾッとした。畳みかけるようにメリーさんが言う。

「お姉ちゃんお巡りさんの推理が正しいのなら、生肉や内臓の処理場は外していいんじゃないかしら。徳兵衛さんを拉致した人は殺人に加担していることを知らないんでしょう？　じゃあ、服を脱がせたりしないはずだわ」

何を言っているんだろうと一瞬思い、恵平は、すぐにメリーさんの考えを理解した。家畜の糞尿《ふんにょう》や死骸《しがい》を含む畜産廃棄物の処理場は、服やベルトなど有機物以外のものを混入させないし、もしも不純物が見つかれば、殺人が起きたとすぐにわかってしまうから。

「不純物が混入しても処理できる工場を選ぶってことですね？　そうか、確かにそうですね。目的は『生きた人間を丸ごとなかったことにする』だから」

平野は厭《いや》そうに顔をしかめて桃田の番号をプッシュした。

「犯人はどうやって被害者を決めたんだろう」

恵平は別の疑問を思い出す。メリーさんも顔を上げて訊《き》く。

「そうよね。どうして戸来さんや徳兵衛さんだったのかしら」

「夜中に街を回ってさ、目についた人をさらったんじゃないの？」

と、山川が言う。メリーさんは初めて山川を見て言った。

「そうじゃないわ。一時間と決めて車を借りているのですもの」

「メリーさんの言うとおりです。一時間で車を返せると知っていたなら、予《あらかじ》めターゲットを決めていたはず。でも、どうやって」

「それはホームレスがいつも同じ場所にいるからじゃないの？」

山川が言う。東京駅周辺のホームレスたちは、それぞれ居場所が決まっているのだ。

「でも先輩。拉致されたとき戸来さんはいつもの場所にいなかったんですよ。酔っ払って、違う場所で寝ていたと……そうか」

恵平は閃《ひらめ》いた。

「お酒を飲ませた人がいたのね。狭すぎて清掃車くらいしか入らない道は、防犯カメラもついてない。徳兵衛さんがいるトンネルもそう。向かいの歩道にいた若いホームレスも戸来さんもいなくなって、今は徳兵衛さんだけだった」

「誰が酒を飲ませたんだよ」

電話を切って平野が訊いた。

「ピーチが工場を調べてる。焼却でも溶解でもない方法で異物が混入しても処理が可能な場所を探してみるってさ」

「……ホームレス仲間だわ」

キッパリとした口調でメリーさんが言う。

「初対面の相手が奢《おご》ると言っても、戸来さんなら警戒するわ。とても慎重な人だったから。知らない人と泥酔するほど呑《の》むはずないもの」

「ホームレス仲間って、だれのこと？」

「わからない。新しい人が増えすぎていて」

メリーさんは頭《かぶり》を振った。思い当たる人物がいないのだ。

「お姉ちゃんお巡りさん、電話を貸して」

メリーさんは持ち歩いている大きな鞄《かばん》を開き、内ポケットの奥のほうから何かを出した。それは古くて小さな手帳で、丸まった紙をてきぱき伸ばしてテーブルに載せて、山川巡査の顔を見た。

「文鎮を貸してくださいな。文鎮がなければ、何か重しになるものを」

山川は机の下からココアとミックスジュースのペットボトルを出した。メリーさんは手帳が閉じないようにそれで押さえて、こう言った。

「ここにあるのはホームレス仲間の携帯電話の番号よ。古いお餅を分けてあげてた人たちだけど、上から順に電話して、徳兵衛さんたちを売ったのが誰か訊きましょう」

「あんた犯人ですかと訊くってか」

平野が問うと、メリーさんは明快に答えた。

「お姉ちゃんお巡りさんが言うように、お金欲しさの犯行ならば、その人は某《なにがし》かのお金を手にしたはずよ。その人はホームレスに溶け込んでいたけど、本当のホームレスじゃないの。被害者三人と徳兵衛さんに接触できて、行動や嗜好《しこう》も知ることができて、戸来さんを酔い潰《つぶ》せるほどお酒に強く、最近羽振りがよくなって、姿を見せなくなった人だわ。そういう人に心当たりがないか、みんなに訊いて教えてもらうの」

「あっ！」

恵平は叫んだ。徳兵衛さんの話を思い出したからだった。

「平野先輩、徳兵衛さんが行ってた町工場へ、もう一度電話してください」

「なんでだよ」

と言いながら、平野は山川に電話をかけさせた。

「滝の広場で会ったとき、徳兵衛さんが言っていたんです。仕事にあぶれた若いのに工場の仕事を紹介したけど、作業がずさんで怒鳴ったら、途中で放り出して出て行ってしまったと。その人、それまでは徳兵衛さんや戸来さんと一緒にガード下トンネルにいて、関係が悪化してからは反対側の歩道で寝ていたと。それがこの前タクシーでやって来て、煙草を放って行ったたって。私、照れくさかっただけで煙草は善意だったんじゃないかと思っていたけど」

「様子を見に来ていたってことか」

「堀北、電話がつながったけど」

山川から受話器を受け取って、恵平は電話に出た。

「もしもし。お忙しいところを何度もすみません。私は丸の内西署の」

「ああ、もしかしてケッペーちゃんかい？」

と、声の主は訊いた。

「そうです。堀北恵平です」

「徳の字は見つかったのかい」

徳兵衛のことを『徳の字』と呼ぶ。

「いえ、まだです。社長にお伺いしたいことが」

「よせやい」

と、オガタ部品の社長は言った。

「俺ぁ町工場のオヤジだよ、社長なんてぇガラじゃねぇやい」

「町工場のオヤジさん、教えてください。納期の忙しいお仕事が来たとき、徳兵衛さんが若い人をそちらへ紹介したと思うんです。部品を拭《ふ》いたり、数えたり、箱に詰めたりする作業を」

「ああ、あの兄ちゃんかい？　徳の字に怒鳴られて逃げ出した」

「たぶんそうです。その人です。その人のことを」

社長は沈黙し、雑音だけが聞こえた。

待っていると雑音は遠のいて、ガサガサと紙の音がした。

「あった、あった。こういう仕事だからさあ、従業員には保険をかけてやるんだよ。住所不定の場合はうちの社員寮にいることにして……なに、社員寮なんてないんだけどね、二階に空き部屋があるからさ……その日限りの手伝いでもさ、書類を書いてもらうんで……」

書類を書いてもらう。つまり、指紋は採れるんだ。恵平はすぐにそう思う。

「ええっと……あ、これか」

老眼鏡を直す程度の間が空いた。

「名前はね、小川純哉《おがわじゅんや》と言うんだな。今風の名前だな。歳は三十二、わりといってんな。住所は、ほら、ここになってる。渋谷あたりのマンガ喫茶を転々としていたみたいだけど、ここんとこの騒ぎで泊まれなくなっちゃったろう？　それで路上暮らしをしているからって、徳の字が連れてきたんだよ。給料も、その都度払ってやってたよ。ま、給料ってほどのもんじゃないけどね」

メモに鉛筆を走らせると、平野がすぐにそれを取り、丸の内西署へ電話で伝える。

恵平はさらに訊く。

「その小川さんですが、最近は姿を見ていませんか？」

「油の拭き残しが多くてさ、徳の字が注意したらトイレに立って、それきり戻って来なくてさ、やり残しは徳の字が朝までかかって終わらせて、金も持って帰ったんだよ。社長、悪かったねえ、勘弁してくれなって。金は野郎に渡すと言ってたよ。たかだか二千円や三千円でもさ、一週間程度は暮らせるからって」

「その後の行方はわからないんですね？」

「うちにはそれきり来ないけど、元のねぐらに戻ったんじゃないの？　神田や日本橋よりはさあ、渋谷のほうが若い人向きだもんな」

「渋谷はマンガ喫茶の激戦区だ。もっと絞れ」

と、平野が言った。

「マンガ喫茶の名前は言っていませんでしたか」

「一箇所じゃないと思うよ。あちこち放浪していたみたいで」

「小川さんの特徴はないですか」

「どうかなあ……イマドキの普通の兄ちゃんだったな」

「身長はどうでしょう。徳兵衛さんより高かったですか」

「高かったけど、すごく高いって感じでもないよ。男としたら普通じゃないかな。百七十センチくらいだね」

「髪型はどうですか。今風のツーブロックとか」

「いやいや、イマドキって感じじゃねえよ。角刈りが伸びきったっていうかねえ、あまり清潔感のない感じだったな。靴はいいのを履いてたよ。いいのって言っても運動靴だね、若い人が履くメーカー品っての？　レ点みたいなマークのやつさ」

「色は？」

「黒だね」

恵平はメモ用紙にメーカー名と色を書いた。服装は変わるとしても、頻繁に靴を履き替えるホームレスはいない。平野はその情報もすぐに共有した。

「群馬の出身だって言ってたからさ、家に帰るって手もあると思うんだよな。そんなに遠くないんだし」

「群馬のどこと言ってましたか」

そこまでは聞いてないと、社長は言った。礼を言って通話を切るとき、

「マズいことになってんのかい？　徳の字はさ」

と、社長が訊ねた。もちろんだ。けれど惠平は答えることができなかった。もう一度礼を言って電話を切ると、目の前で平野が待っていた。

「渋谷中のマンガ喫茶を手配した」

「もしも身柄を拘束できたら、オガタ部品に指紋があります。書類は本人が書いたというので」

「手配する。あと、課長たちが拉致《らち》に使われたタイヤ痕《こん》を調べたぞ」

「本当ですか」

「特殊なタイヤ痕はぬかるみに強い農耕用のものだった。農耕車が都内を走ることはまずないから、ピーチがトラックに狙いをつけて、速度違反自動取締装置の映像を確認。昨晩徳兵衛さんがいたガード下トンネルを通った車を特定した。その後Nシステムでナンバーを照会したら、大田《おおた》区のバイオマス処理場へ食品廃棄物を運ぶ回収車とわかった。京浜島《けいひんじま》なら車で二十分程度だ。中央署ではタイヤ痕のあった段ボールから土を採取したそうだから、鑑定すればその車が徳兵衛さんの拉致現場にいた証拠になる」

「徳兵衛さんはバイオマス処理場に？」

「班長が処理場に電話して、操業を止めさせた」

メリーさんが恵平の手をまさぐった。恵平はその手を摑《つか》んでギュッと握った。

「署員を動員してゴミを調べるそうだ。俺もこれから行ってくる」

平野が交番を出ようとしたので、

「私も行きます」

と、恵平は言った。時刻はまだ正午前。申請した門限まで時間はたっぷりとある。

「お前は警察学校だろうが」

「行きます」

「あのな、操業は止めたけど、すでに二時間近く稼働していたんだぞ」

平野の言葉が突き刺さる。徳兵衛が無事でいる保証はない。万が一の場合、惨状を確認する覚悟があるかと聞いているのだ。それでも恵平は引かない。

「行きます！」

叫ぶと「ったく、あのな」と、平野は吐き捨て、そのまま署を飛び出した。

恵平はメリーさんを見た。安心して、なんて言えない。そんな無責任なことは言えない。けれど、でも、たとえ欠片《かけら》になっていたとしても、徳兵衛さんを拾い上げ、手のひらで包んであげる。その覚悟はできている。

何もわからないうちから泣いたりしない。歯を食い縛る恵平を見上げて、メリーさんが瞳《ひとみ》で語る。お姉ちゃんお巡りさん、お願いね。

深く頷《うなず》いて駆け出した。平野の背中を懸命に追う。

頭の中がぐしゃぐしゃで、何も考えることができない。ソーセージパンを食べていた徳兵衛さん。喫煙を見咎《みとが》められて、ガラにもなく耳まで赤くしていた徳兵衛さん。そばにはネギを山盛りで。仕事道具は手作りで。徳兵衛さんは板金工であることに強い誇りを持っていた。その彼が消えても誰も気がつかないなどと、犯人が思っていたなら大間違いだ。走りながら恵平は涙を拭いた。まだ早い。泣くのは早い。そうだ、泣くのは絶対早い！　マスクが涙を吸い込んで、頬のあたりが冷たく感じる。

平野は署の玄関ではなく、裏の駐車場へ飛び込んだ。恵平も後を追う。門扉の前で署のワゴン車が待っていた。後部ドアをスライドさせて平野が車に乗ったとき、続けて駆け込んだ恵平に、乗っていた桃田の声が飛ぶ。

「堀北、ここでなにやってんの」

「行け！　河島班長、出してください」

平野が叫んだ。助手席には班長が、運転席には生活安全課の刑事牧島《まきしま》が、後部座席に桃田が乗っている。牧島は班長の顔色を窺《うかが》っていたが、彼が頷いたのでアクセルを踏んだ。最後部からベテラン鑑識官の伊藤が怒鳴る。

「たく、堀北。おめえは何をやってんだ」

門扉を開閉する警備員を尻目《しりめ》に、牧島は車を急発進した。座席に膝《ひざ》をついて、全身で背もたれを跨《また》ぎ、恵平は最後部の伊藤の隣にちゃっかり座った。

「私は徳兵衛さんの家族です。家族として確認の権利があります」

「家族だぁ？　ナマ言いやがって」

伊藤は鼻で嗤《わら》ってから、

「捜査に手出しするんじゃねえぞ」

と、恵平を睨《にら》んだ。

「しません。確認に行くだけです」

動じない素振りを必死に装ってみたけれど、頬を伝って涙がこぼれた。

伊藤は恵平を見ずに前を向き、大きな手のひらを頭に載せて、力一杯グリグリ回した。マスクの下で、恵平は唇を嚙《か》む。

「その施設では、学校給食やコンビニの売れ残りの商品含め、主に食品廃棄物を処理しているんだ。都内には同様の施設が数カ所あるけど、そこだけが総量の二割程度までならパッケージやビニール袋などの不純物が交じっても一斉処理できる最新の機械を導入している。マルガイを拉致したトラックは、丸の内、大手町《おおてまち》、日本橋界隈《かいわい》のホテルやレストランで出た食品廃棄物を施設へ運ぶ会社のものだよ」

「処理場のトラックとは違うんだな？」

　と、平野が訊《き》いた。

「そこは処理だけで回収をしないんだ。回収は外注で、分業されているようだ」

「どんな処理方法なんですか？」

　恵平も訊く。振り返って桃田が言った。

「ネットで検索しただけだけど、集積プールはかなり大きい。プールにためた廃棄物は粉砕してチップ状にし、ある程度乾燥させてから、飼料や堆肥《たいひ》、バイオ・ディーゼルなんかに加工するんだ。途中で発生するメタンガスも燃料として使われる」

「どうやって粉砕するんです？」

「集積プールの底に粉砕機がついているんだよ」

　恵平は音を立てて息を吸った。

「機械は止めた。まだわからねえ」

　と、牧島が言う。乱暴な運転で先を急ぐので、班長は天井についているアシストグリップを握ったままだ。大きな通りに出た途端、牧島は盛大にサイレンを鳴らし始めた。前方の車が道を譲る。

「さっきも言ったけど、食品ゴミや生ゴミはガスを発生させるんだ。密閉空間に閉じ込められると、ガスで死ぬこともあるんだよ」

いっそのこと、そのほうがいいのかもしれないと思う。生きたまま粉砕機で砕かれるよりは。恵平は首に掛けているお守りを強く握った。

首都高速に乗ってしまえば車から見える空は青い。未知のウィルスが世界を席巻しても、空は変わらず青いのに、ビルに切り取られて色を失った空しか見ずに、

「徳兵衛さん、死なないで」

恵平は呟《つぶや》いた。心の中で言ったつもりだったのに、その声が車内に響いていたことを、恵平は知らずにいた。

バイオマス処理場の周囲には物々しく警察車両が集合していた。

平野から班長へ、班長から捜査本部へ、捜査本部から管轄の大森《おおもり》警察署へ届いた指令で、多くの警察官らが動員されてきたのである。今頃は渋谷署の警察官たちもマンガ喫茶などを当たって、事情を聞くために小川純哉を捜しているはずだ。

清掃工場は周囲を緑に囲まれた近未来的な佇《たたず》まいで、ゴミを扱っている気配など微《み》

塵《じん》もなかった。けれども裏側に回ってみると、剝《む》き出しのコンクリートや鉄の柱や、潮風に混じった生ゴミと堆肥の臭いが恵平を怯《おび》えさせた。

現場署の警察官が走って来て、河島班長と話している。私服で若い恵平にチラリと視線を向けたけど、河島が何事か説明して納得させた。駐車場には救急車もいる。

「まだ見つかってないみたいだな」

独り言のように平野がもらす。

担当署員に誘導されて、恵平たちは裏口から施設に入った。

「記録を調べましたら、当該車両が排出に来たのは午前十一時前後でした」

「朝一番じゃなかったんですか」

河島が訊いている。

「そうです。工場が稼働するのを待っていたんだと思います。朝イチですとシュレッダーが動いていないので、人間がいたら目立ちますから。それ以降は車が次々にきて排出していきますので、わかりにくいと言いますか」

エレベーターを呼び、上の階のボタンを押した。

「機械は止めてありますが、プールは結構深いんですよ。酸素濃度も低いので、大人数で入ればいいというものでもない。酸素マスクが必要です。今はプールの周囲から肉眼で、ゴミが動いていないか確認しているところです」

そんな悠長な、と恵平は思った。意識を失っていたら徳兵衛さんは動けない。どうしよう。どうしたら彼を見つけられるんだろう。

「こちらです」

エレベーターが止まって、外に出る。

機械や警告板に塗られた黄色や赤のペンキ以外はまったく色のない部屋だった。床も壁もコンクリートの剝き出しで、天井は高く、発酵したパンの臭いがする。先に胸の高さ程度の手すりがあって、そこにずらりと警察関係者が並んでいる。全員マスクと手袋をし、手すりを摑《つか》んで下を見ている。恵平は先輩たちの脇につき、心臓をドキドキさせながら先へ進んだ。頭の中ではこんな光景を妄想していた。

プールに下りた捜査員たちが、動けない徳兵衛さんを囲んでいる。猿轡《さるぐつわ》をされ、手足を後ろで縛られているけど、徳兵衛さんは元気だ。

ところが実際に集積プールを見下ろすと、そんな幻は無残に消えた。恵平たちの足下には、七階建てのビル一棟がそのままプールになったかのような、巨大なコンクリートの穴があった。パンに海苔《のりま》巻き、お弁当、コンビニのおにぎり、パスタにうどん、野菜クズ、かつて食品だったあらゆるものが水の代わりに満ちている。そこに人間がいたとして、誰が気付いてやれるだろうか。捜査員は下りてもいない。見下ろして変化を探すばかりだ。目眩《めまい》がして、心臓がドキドキしてきた。厭《いや》だ、絶対そんなの厭だ。こんなところで徳兵衛さんを、こんなふうに死なせてなるものか。

恵平は隣に立った平野を見上げた。平野もこちらを見つめている。言葉には出さないが、声が聞こえた。

――どーすんだ、これ――

まったく同じ思いだった。

どうする。どうすればいい。考えろ、考えて、考えて、考え抜け。砂場に落とした一粒の米を探すかのように、恵平は闇雲に頭をひねる。そして、

「そうだ」

と、声に出して言った。

「徳兵衛さんの携帯電話を鳴らしてください！」

叫んだ相手は平野であった。平野は素早くスマホを出して、オガタ部品の社長から聞いた徳兵衛の携帯電話にかけた。

「静まれ！」

と、河島班長が叫ぶ。

「被害者の携帯を鳴らします。どうか静かに」

瞬間、工場内は静まりかえった。平野のスマホから呼び出し音が漏れてくる。

プルルルーップー。プルルルーップー。プルルルーップー……

恵平は全身を耳にする。残飯の水面《みなも》に目を凝らす。

すると、プルルルーップー。プルルルーップー……微《かす》かな音が聞こえる気がした。

「動いたぞ！　あそこだ！」

どこかの署員が声を上げ、プールの底を指さした。

恵平も見た。ビニール袋に入ったまま消費期限切れになったパンがおにぎりの上に転がったのだ。そのあたりが微かに、ほんの微かに動いた気がする。

徳兵衛さん。

思わず手すりを乗り越えようとして、後ろから桃田に抱き留められた。

「ばか、プールの下はシュレッダーだ。この高さから飛び込めばお陀仏《だぶつ》だよ」

「でも」

「メンテナンス用のハッチがあります」

施設の人がそう言った。何人もの捜査員が彼と一緒にエレベーターへ走る。

「救急隊員をここへ呼べ！」

どこかの署員の声がした。

「平野、電話を切るなよ」

牧島が言う。

恵平も一緒に行きたかったが、桃田が腕を放してくれない。いつになく険しい顔で、じっとプールを見守っている。一秒、二秒……時間の過ぎるのがあまりに遅い。捜査員はまだ下に到着していない。徳兵衛さんの電話が鳴っている。ゴミはあれから動いていない。恵平は、魂だけ抜け出して助けに行きたいと切に願った。

「どこだ！　上から指示を出してくれ！」

ようやく声が聞こえてきたとき、そこにはガスマスクで宇宙人のようになった捜査員の姿があった。河島班長が指示を出す。斜めの位置まで牧島刑事が走って行き、両側から位置を補正する。ゴミは捜査員の首あたりまである。時々ゴミに埋まって消えるのは、シュレッダーの刃に高低差があるからだ。上から様子を見ているだけでも、それがどれほど過酷な場所かよくわかる。桃田は恵平を放さない。二十数メートル下で繰り広げられている救出劇を、息を殺して見守っている。

「いたぞ」

と、くぐもった声がした。他の捜査員も泳ぎ着き、一人が潜った。もう一人も、だ。

数秒後、紺色の作業着を着た人影がゴミの中から姿を見せる。徳兵衛だ。意識はない。

恵平は両手を拳《こぶし》に握った。銀色のテープで口を塞《ふさ》がれ、両手は胸のあたりで縛られて、両足もテープで巻かれているようだ。捜査員らはぐったりした彼をハッチへ運ぶ。ベッタリ濡《ぬ》れた作業着は、血なのか、食べ物の汁なのか、わからない。

「ハッチ、ハッチはどこですか？」

恵平は桃田を見上げた。スマホで呼び出すことをやめ、平野は言った。

「こっちだ」

そして三人で走り出す。さっき捜査員たちが乗り込んだエレベーターだ。

徳兵衛の小さな体は、灰色で無機質な廊下に横たえられていた。ガスマスクをした捜査員が二人、徳兵衛の近くに立っていて、脇にしゃがみこんだ一人が首筋に手を当てて脈を診ている。口を覆っていたガムテープは外されていたけれど、手足は縛られたままだった。

老人は動いていない。

恵平は愕然《がくぜん》としてそれを見て、信じられずに走り寄る。

「ダメだ。もう脈がない」

と、誰かが言った。

聞こえたけれど、信じたくなかった。そんなの嘘だ。頭のなかで魂が叫ぶ。徳兵衛さんみたいな人がこんな死に方をしていいはずはないと。

捜査員を脇へ避《よ》け、恵平は徳兵衛の前に跪《ひざまず》いた。

極悪非道を戒められた罪人みたいに、徳兵衛は両腕を胸の前で括《くく》られている。外してあげたくてもテープが固く巻かれていて、どうにもならない。恵平は腕の隙間に手を突っ込んで徳兵衛の作業着のボタンを外した。作業着の下からは腹巻きにしている道具袋が現れた。首から紐《ひも》でぶら下げた携帯電話は袋と肌着の間にあった。

恵平は道具袋をひったくり、帆布を開いて小刀を出した。それを使って両手を拘束しているテープを切ると、両腕をダラリと広げてお腹の上に馬乗りになった。首の後ろに手を添えて気道を確保し、自分もマスクを外して放り出す。

徳兵衛の鼻をつまんで、自分の口で口を塞ぐと、思い切り空気を吹き込んだ。徳兵衛の胸がぶわりと膨らむ。それから胸骨に拳を載せて、一、二、三、四、と胸を押す。

絶対に諦《あきら》めない！　空気を吹き込み、胸を押す。空気を吹き込み、胸を押す。

後ろで平野が叫んでいる。

「上へ行って救急隊員を呼んできて下さい」

誰かが駆け出し、エレベーターが閉まった。空気を吹き込み、胸を押す。

戻って、徳兵衛さん、死んじゃダメ。

額を汗が流れて落ちる。前髪が目の前に落ちてくる。負けるもんか。死なせるか。

「どけ！　堀北、そこからはぼくが」

腕を引かれて脇へと倒れ、そこから先は桃田が続ける。徳兵衛はまったく動かない。

「諦めるなよピーチ、続きは俺が」

息を吹き込み、胸を押す。

「徳兵衛さん！」

と、恵平は耳元で叫んだ。

「メリーさんが待ってるよ。オガタ部品の社長も、あなたの帰りを待ってるよ」

人工呼吸は平野に替わった。まだ動かない。桃田が足首の拘束を解いた。ダラリと開いた脚を見て、恵平のなかでなにかが弾《はじ》けた。恵平は徳兵衛の手を握り、そして耳元でこう言った。

「徳兵衛さんの大事な道具を使ったよ。私が勝手に使ったよっ。小刀を使った！」

そのときだった。徳兵衛はカッと目を開き、今しも口に空気を吹き込もうとしていた平野を驚かせた。平野は脇へ転がり落ちて、徳兵衛は盛大に咳《せ》き込んだ。

「こっちです。早く！」

声がして、救急隊員がエレベーターを降りてくる。

「徳兵衛さんっ、徳兵衛さぁんっ」

恵平は徳兵衛の首にかじりついていた。

「だれだ、俺の道具を使いやがって」

と、徳兵衛は言った。

キョロキョロと目を動かして、道具袋を巻いていたお腹に手を置くと、やおら上体を起こして自分を取り囲んでいる奇態な連中を見回した。

「……なんだ、地獄か？」

「ちがうよ、ちがう。地獄じゃないよ」

恵平はボロボロと泣いていた。全身が汗まみれで、トレーナーは残飯の汁で汚れて、ほっぺたにはパンくずが付いていた。徳兵衛はもっと酷《ひど》い有様で、額にソフト麵《めん》の切れ端が、薄くなった髪には紅生姜《べにしょうが》がくっついていた。

救急隊員が来て脈を取り、額に手を当てて「立てますか」と訊《き》く。

けれども彼は立ち上がれなかった。拘束されていた足は痺《しび》れて、両腕は紫色になっていたからだ。ストレッチャーに乗せられたとき、

「あれえ？　何があったんだよう」

と、徳兵衛は訊いた。

「オッサン、もう少しで生ゴミになるところだったんだぜ。それをケッペーが助けたんだよ」

頬にご飯粒をつけて平野が言った。

桃田と平野と恵平だけが、マスクをつけていなかった。

「ん、もしかして」

と、連れていかれながら徳兵衛が訊く。

「あれかな、マウスチュウマウスってやつをさ、ケッペーちゃんがしてくれたのかな、この俺に？」

そりゃあ地獄じゃなくて極楽だ、と笑うので、恵平は急に恥ずかしくなった。

「そうですけど、そのあとぼくと平野もがんばったんです」

桃田が徳兵衛を見下ろして言う。

「なんだよ、余計な事をしやがって」

仰向《あおむ》けで悪態を吐きながら、彼はエレベーターに乗せられて行った。

床に大切な商売道具を残したままで。

道具袋に道具を仕舞い、恵平たちがさっきの場所まで戻って行くと、班長と伊藤と牧島が待っていた。救急車が出ていく音がして、ガスマスクを外した捜査員らも遅れて戻った。救急車には本庁の刑事が同行し、動員がかかった者たちは、引き上げる準備を始めている。ゴミの臭いを纏《まと》った恵平たちからわざと離れて上司は言った。

「お前ら、帰りは一番後ろに乗れよ」

牧島などはあからさまに鼻をつまんで笑っている。

「頭にスパゲッティがついてるぞ。飯粒も、ニンジンのカスもだ」

三人はようやく互いの姿を眺め、苦笑しながら髪にくっついた食べ物をとり、指先でつまんでプールに捨てた。

「よくやった」

渋い声で伊藤が言ったとき、恵平は笑いながら涙を流した。洟《はな》も啜《すす》った。ついでに涎《よだれ》も出そうなくらい、涙は止めどなく流れ続けた。

今度は正真正銘のうれし涙であった。

とりあえず丸の内西署へ戻ってシャワーを浴びたが、着る物がなくて、生活安全課にいたとき仕事を教えてくれた池田《いけだ》マリ子巡査部長の運動着を借りた。上着はブカブカでパンツはつんつるてんだったが、少なくとも生ゴミの臭いはしない。

徳兵衛が大切にしている仕事道具を鑑識に預け、平野らに挨拶《あいさつ》をして署を出ると、スマホのアラームがけたたましく鳴った。アラームは警察学校に届け出た門限の一時間前に鳴るようセットしてある。

時刻は午後六時三十分。門限まで一時間しかない。

「ヤバいいいいいっ！」

叫びながらダッシュする。日が長いから油断をしていた。ゆっくりシャワーをあびてしまったせいもある。徳兵衛の道具を拭《ふ》いていたせいも。

どんな理由があろうとも、門限は自分自身が提示したものだし、規則は規則だ。

ヤバい。特急がつかまりますように。そうでなければ完全アウトだ。でも今日は土曜日で、平日とはダイヤが違う。新宿で乗り換えたとき、心配しているメリーさんやオガタ部品の社長に徳兵衛さんが無事だったとまだ伝えていないことに気がついた。メリーさんには山川巡査から伝えてもらうことにして、戸来さんにお別れをいいたいか訊くのも忘れた。

「なんだかなあ」

自分の仕事は穴だらけ。そのたび誰かの手を煩わせる。

すぐ降りられるようドアの前に陣取って、恵平は暮れていく車窓に映る自分の顔を眺めていた。場違いな服装で電車に乗っても奇異の目で見られないのは東京だからだ。ホームレスの人たちは他者から目を逸《そ》らされて、透明人間のように生きている。透明だから気にされない。透明だから、いなくなっても気付かない。今回の主犯格がそんなふうに考えていたとするならば、恐ろしくもおぞましいことだと思った。

調布駅が近づくにつれ、スマホのバイブが何度も鳴った。それは警察学校のクラスメイトたちからで、門限までに戻れるのかと訊いてくる。

——堀北どこ？　七時を過ぎたぞ——

——教官が部屋を見に来たけど　どこにいるの　だいじょうぶ？——

——門限忘れて遊んでないよな？　おい　きいてるか——

恵平は足踏みをする。調布駅から学校まではバスを使って十二分、そこから徒歩で約十分。バスがなければ走るしかない。間に合うかどうか、自信はなかった。

教官に電話して、捜査に協力していたと話すのはどうか。いやいや、それは卑怯《ひきょう》な言い訳。私に捜査協力しろなんて言ってくれた人は一人もいない。

電車を降りると恵平は走った。ちょうどいい時間のバスはなく、全速力で学校を目指す。正門の奥にクラスメイトが何人かいる。窓から顔を出して腕を振り回している者もいる。武光の姿も見えた。みんなが協力してくれたから、徳兵衛さんを助けられたよ！　恵平はそう言いたかったけど、あと少しで正門というところで、教官が門の中央に立ち塞《ふさ》がるのが見えた。

堀北恵平は休日外出時の帰寮時間遵守の規則を破り、教官から呼び出されて集中指導を受けた。罰として腕立て伏せにランニングなどをこなした上に、翌週末の休日外出を禁じられた。

エピローグ

小川純哉はやはり渋谷のマンガ喫茶で捜査員に身柄を拘束されたという。彼は自分に小言をいったホームレスを襲って縛り、トラックに乗せてバイオマス処理場へ運んだことは自白したものの、殺意については否認した。仕事に厳しかったことを怨《うら》んでいて、怖い目に遭えばいいと思ったという。犯行に使ったトラックは指定された場所で引き渡されて、ホームレスを積んで乗り捨てた。そのあとのことはわからない。ネット掲示板でバイトを受けて、報酬は指定のマンガ喫茶に届いたと言う。徳兵衛が集積プールに捨てられることは知らなかったと懸命に訴えているらしい。

トラックを小川純哉に貸し出した者も同様の証言をしているという。曰《いわ》く、トラックは一時間だけ貸し出したもので、人が積まれていることは知らなかった。契約外の誰かが大量の廃棄物を捨てたかったのだと理解していたと。

二人に共通することがある。ネットで見つけた高収入のアルバイトに何の疑問も抱かなかったのかという捜査員の質問に対し、異口同音にこう答えている。

——だってこんなご時世っしょ? 直接人と会わないし、相談しようもないじゃない。高収入? そんなこと考えてる余裕はないよ。金にはマジで困ってんだし——

【歪《ゆが》んだ正義か清掃工場にホームレスの遺体・ネット掲示板が語る感染症禍の闇】

メディアがそのような記事を掲載した日、恵平たちは警察学校の卒業式を迎えていた。この日卒業するのは約三百名。もちろんその中に恵平もいる。

早朝、身支度を整えて式場へ向かう恵平を教官が呼び止めた。二ヶ月に亘《わた》って様々な学びを与えてくれた教官だ。恵平は一度は懲罰も受けた身で、決して優秀な成績で卒業式を迎えたとは言えない。けれどもここで学んだ短い日々は優秀で信頼できる仲間との出会いとなり、そのことが警察官という仕事に本気で向かう覚悟ともなった。でも、まさか、今さら卒業できないとか、そういう話ではないだろうと思いながら立ち止まると、あろうことか教官は恵平を指導室へ呼び入れた。

仲間たちは式場へ向かっている。

ヒヤヒヤしながら教卓の前に立っていると、教官は渋い顔をして机に向かい、引出から一枚の紙切れを出した。恵平は生きた心地がしなかった。

「堀北恵平」

と、教官が言う。

「はいっ」

教官は警帽の下から恵平をジロリと睨《にら》んでこう言った。

「規律違反をしているな」

「はい。申し訳ありませんでした」

「警察官の使命とはなんだ」

恵平は宙を見つめて胸を張る。

「誇りと使命感を持って国家と国民に奉仕することです。人権を尊重し、公正かつ親切に職務を執行し、規律を厳正に保持し、相互の連帯を深め、人格を磨き、能力を高め、自己の充実に努め、清廉にして堅実な生活態度を保持します。警察職員は全体の奉仕者として公共の利益のために勤務し、かつ、その職務の遂行に当たっては不偏不党、かつ公平忠誠をむねとし、全力を挙げてこれに専念いたします」

いいだろう。と、教官は言い、机から出した一枚の紙を恵平の前に置いた。

嘆願書のようだった。

『お願い：警視庁警察学校殿
堀北恵平巡査についてお願いします。

堀北恵平巡査は管轄区内の生活者全般に分け隔てなく接し、今回もホームレスの失《しっ》踪《そう》事件に関して自分のことのように心配をして奔走し、その結果、休日の外出時間内に学校へ戻ることができませんでした。堀北巡査には未熟で浅はかなところが多いかもしれませんが、必ずよき警察官になると、ここにいる者たちは思っています。

　どうか寛大な処分をお願いします。』

　続く署名には、恵平の知らない名前が並んでいた。けれども書かれた住所を見ると、呉服橋ガード下のダミちゃんだったり、ダミさんの伯父《おじ》さんが経営しているスナックや、その従業員の名前のようだと推測できた。やけにごっつい名前はオネエのジュリちゃん。柏木芽衣子《かしわぎめいこ》はメリーさんの本名だ。他にもオガタ部品の社長がいたり、徳兵衛さんの名前とともに書かれた住所は、ガード下のトンネルあたりになっていた。

　懲罰が卒業を左右することは稀《まれ》だと知っているはずなのに、ちゃっかりと平野や伊藤や桃田や山川や、牧島刑事の名前もあって、水品刑事も並んでいた。本名を知らなかったペイさんの名前には、（靴磨き）と括弧書きで書かれていた。

　どれも恵平が丸の内西署に勤務してから関わりを持った人たちだった。

「これは」

驚いて教官を見ると、彼は笑った。

「ここで何年も教えているが、嘆願書がきた学生はお前が初めてだ」

「すみません」

恵平は心臓がバクバクしていた。たしかに、徳兵衛さんには軍隊みたいに規律が厳しいと言ったけど、こんなもの、いつの間に届いていたのだろうか。

「署名した者たちに言っておけ。こんなモノを送られたからといって、手心を加えることはないとな」

「はい。仰《おつしや》る通りです」

「だからこれは、お前が記念に取っておけ」

教官は嘆願書を三つ折りにして恵平に渡した。

恵平は驚いて彼を見た。

「忘れるな。それがお前のしてきたことだ。この仕事に誇りを持って、彼らのために働け。いい警察官になれよ」

「はい！」

恵平は、卒業証書を受け取るように両腕を伸ばして嘆願書を受け取った。

「もう行け。式が始まる」

敬礼して部屋を出て、卒業生が一堂に会する式場へ向かう。

長い廊下の先にあるのが式場だ。今日、ここを出たならば、自分は一人前の警察官になる。今後は自分の行動が警視庁警察官の行動と判断されるのだ。その重責を胸に刻んでここを発《た》つ。

式場の入口で仲間たちが待っていた。全速力で走って列に戻ると、恵平は顔を上げて顎《あご》を引き、背筋を伸ばした。列の向こうで武光が笑っている。次に会うときも私は負けない。けれど、でも、ありがとう。私たちは仲間だ。一緒に警察学校を卒業するのだ。訓辞や祝辞を受けて卒業を告げられたとき、恵平は、必ずまたここで学ぶ日がくるだろうと考えていた。刑事になるには実績を積んだ後に再び学び、試験をパスしなければならないのだから。

川路《かわじ》広場には高く国旗がたなびいている。卒業のセレモニーが始まる。一糸乱れぬ同僚たちの動きを見ながら、今日のことを忘れないと恵平は思った。こんな自分をいい警察官になると言ってくれた人たちのことは、もう、絶対に忘れない。胸にしまった紙切れの重みを感じつつ、刑事になると恵平は誓った。かつて柏村がそうだったように、平野や河島班長のように、微細な証拠から真実を見出《みいだ》す刑事になろう。

卒業式が終わると寮の荷物をすべて抱えて警察学校を後にした。

構内の駐車場にはズラリと各署のパトカーが卒業生を迎えに来ている。晴れて一人前の警察官となった卒業生は、先輩たちの車に乗って配属先の警察署へと帰って行くのだ。武光が中央署の車に乗った。他の仲間もそれぞれの車に乗っていく。丸の内西署の車はどこかと見回すと、門の向こう側に止めたパトカーの脇に、平野と桃田が立っていた。恵平は駆け出した。二人は並んで運転席側に立ち、マスク越しにニヤニヤしている。二人の前で直立すると、荷物を置いて敬礼をした。

「堀北恵平巡査、無事警察学校を卒業しました。ありがとうございます！」

腰を折ってお辞儀をすると、

「おう。ご苦労」

と、平野は言って、

「お疲れ様」

と、桃田も言った。後部座席を開けて荷物を積み込み、恵平は二人が乗るのを待って後ろに乗った。平野が運転し、次の車に場所を譲る。何台もの車が規則正しく構内に入り、乱れもせずに構内を出ていく。空にはためく国旗を見ながら、恵平は学校に別れを告げた。

「署でみんな待ってるよ」

「そうですか？　嬉《うれ》しいです」

「ばーか。ケッペーのために雑用たっぷり残してんだよ」

ハンドルを握って平野が笑う。それでもいいと恵平は思った。明日からはまた東京駅に挨拶《あいさつ》できる。いつもの街で、いつものように、警察官の仕事ができるのだ。

「徳兵衛さんは退院したぞ。元々たいした怪我じゃなかったが、念の為に色々検査もしたってさ」

「オガタ部品の社長が身元引受人になってくれたみたいだね。今はまたガード下に戻っちゃったみたいだけど」

平野と桃田が交互に言った。

「月島署の件はどうなりましたか？　首謀者というか、真犯人は」

平野と桃田が視線を交わすのが、バックミラーの中から見えた。

「実行犯は何人も挙がったけど、どれも軽犯罪になっちゃいそうでね」

と、桃田が言う。

「今回の件では殺意を証明するのが難しい。ターンボックスもネットから消えちまったしな」

「やっぱり」

恵平は助手席の背もたれに手を掛けた。きっとそうだと思っていた。火の粉が降りかかりそうだと察知すれば、するりと身を躱《かわ》してしまうのだ。

「ビッグデータ捜査班が追っているけど、今までもずっと追ってたからね。別の名前で別の場所で、すぐに復活すると思うんだなあ」

桃田が助手席の窓を開けた。風が恵平の髪を乱していく。

「今回の事件はソシオパスな犯罪者による街の清掃作業ってことで決着する。捜査本部は解散したし、月島署は報告書を書くのに苦労しそうだ」

平野が静かに言った。

「そういうモヤモヤした事件って、実はけっこう多いんだ。車を貸せとか、ホームレスを見つけて乗せろとか、掲示板に書き込みをした人物を特定するには時間がかかるよ。数ヶ月とか、一年とかさ、裏付け捜査も大変だろうし。でも、今回よかったことは、徳兵衛さんの命を救えたってところだね」

「私、戸来さんにお別れをさせてあげられませんでした」

「うん。それはね」

と、桃田が言った。肘《ひじ》で平野の脇腹を突《つつ》く。

「しょーがねえなあ」

と、平野は言って、バックミラーの中から恵平を見た。

「そっちの話は山川がしてくれた」

「え？」

「メリーさんに話をしてさ……あれからこっち、メリーの婆さんは山川とも話すようになったんだよ。徳兵衛のオッサンは入院中で無理だったけど、メリーさんだけ保管庫へ来て、あの古い二冊の本をさ、棺桶《かんおけ》に一緒に入れてくれって置いてったんだ。火葬するとき一緒にさ」

恵平はジンとした。

「ご遺骨は？」

「無縁塚に行くと思うぞ」

「そうですよね」

振り返って、桃田が言う。

「いいんじゃないの？　向こうでもきっと本は読めるよ」

「そうですよね」

恵平はまた言った。

府中市の空はとっても青い。そこに白い雲が浮かんで、風の形がよく見える。

生前の戸来さんを知らないけれど、戸来さんに友人がいたことだけは知っている。それでいいと恵平は思った。透明人間には透明人間の友だちがいる。そして透明人間の友だちには、私という友だちがいるのだ。徳兵衛さんたちのこれからが、少しでも平穏でありますように。

「そんな堀北に朗報があるんだけど」

桃田がまたも言う。

「ダミちゃんがお店を開けたんですか？」

すかさず訊《き》くと平野が笑った。

「バーカ、食い気か？」

「そうじゃなく、柏村肇さんから電話が来たんだ」

桃田は前を向いている。サラサラの髪を風に揺らして。

「見つかったってよ。柏村さんが残した資料」

平野の言葉が長い針のように恵平の胸を貫いた。

「ほんとうですか……」

見たいのか、知りたくないのかわからない。けれど知らずにいられない。

ようやく振り返って桃田が訊いた。

「群馬まで行ってみる気はあるかい？」

「はい。行きます」

だってさ平野、と、桃田は笑う。

平野は答えずに頷《うなず》いた。

前方に高速道路の入口が迫る。長いカーブを上がりながら、車は丸の内西署へ向かう。次々に見えてくる高いビル。その奥に広がる恵平の街。無言でそれらを眺めながら、恵平は自分に訊いた。いいお巡りさんになって、柏村さんが救いたかった人物を救う。そうすれば、ジンクスを破ることができるだろうかと。

遠く丸の内あたりの空には、大きくて白い雲が浮いていた。

……to be continued.

【主な参考文献】

『アルジャーノンに花束を』ダニエル・キイス　小尾芙佐訳（早川書房）
『かもめのジョナサン』リチャード・バック　五木寛之訳（新潮文庫）
『元報道記者が見た昭和事件史　歴史から抹殺された惨劇の記録』石川　清（洋泉社）
『日本の「未解決事件」１００　昭和・平成の「迷宮」を読み解く』（宝島社）
『日本の黒い霧　上・下』松本清張（文春文庫）
『江戸・東京の事件現場を歩く　世界最大都市、３５０年間の重大な「出来事」と「歴史散歩」案内』黒田　涼（マイナビ出版）
『絵解き東京駅ものがたり　秘蔵の写真でたどる歴史写真帖』（イカロス出版）
変革を続ける刑事警察
https://www.npa.go.jp/hakusyo/h20/honbun/html/kd320000.html
警察学校キャンパスライフ　令和２年度警視庁採用サイト　警視庁
https://www.keishicho.metro.tokyo.jp/saiyo/2020/welfare/visit.html

本書は書き下ろしです。

この作品はフィクションです。
設定の一部で実在の事象に着想を得てはおりますが、
小説内の描写は作者の創造に依るものであり、
実在の人物、団体、事件等とは一切関係ありません。

DOUBT《ダウト》　東京駅《とうきょうえき》おもてうら交番《こうばん》・堀北恵平《ほりきたけっぺい》
内藤《ないとう》 了《りよう》

角川ホラー文庫　22609

令和３年３月25日　初版発行
令和６年９月20日　再版発行

発行者――山下直久
発　行――株式会社KADOKAWA
〒102-8177　東京都千代田区富士見2-13-3
電話 0570-002-301（ナビダイヤル）
印刷所――株式会社KADOKAWA
製本所――株式会社KADOKAWA
装幀者――田島照久

ISBN978-4-04-110841-3　C0193

◆◇◇

角川文庫発刊に際して

角川源義

第二次世界大戦の敗北は、軍事力の敗北であった以上に、私たちの若い文化力の敗退であった。私たちの文化が戦争に対して如何に無力であり、単なるあだ花に過ぎなかったかを、私たちは身を以て体験し痛感した。西洋近代文化の摂取にとって、明治以後八十年の歳月は決して短かすぎたとは言えない。にもかかわらず、近代文化の伝統を確立し、自由な批判と柔軟な良識に富む文化層として自らを形成することに私たちは失敗して来た。そしてこれは、各層への文化の普及滲透を任務とする出版人の責任でもあった。

一九四五年以来、私たちは再び振出しに戻り、第一歩から踏み出すことを余儀なくされた。これは大きな不幸ではあるが、反面、これまでの混沌・未熟・歪曲の中にあった我が国の文化に秩序と確たる基礎を齎らすためには絶好の機会でもある。角川書店は、このような祖国の文化的危機にあたり、微力をも顧みず再建の礎石たるべき抱負と決意とをもって出発したが、ここに創立以来の念願を果すべく角川文庫を発刊する。これまで刊行されたあらゆる全集叢書文庫類の長所と短所とを検討し、古今東西の不朽の典籍を、良心的編集のもとに、廉価に、そして書架にふさわしい美本として、多くのひとびとに提供しようとする。しかし私たちは徒らに百科全書的な知識のジレッタントを作ることを目的とせず、あくまで祖国の文化に秩序と再建への道を示し、この文庫を角川書店の栄ある事業として、今後永久に継続発展せしめ、学芸と教養との殿堂として大成せんことを期したい。多くの読書子の愛情ある忠言と支持とによって、この希望と抱負とを完遂せしめられんことを願う。

一九四九年五月三日

PUZZLE

東京駅おもてうら交番・堀北恵平

内藤 了

都内各所で見つかるバラバラ遺体！

年の瀬が迫り、慌ただしくなる東京駅。新人女性警察官の恵平《けっぺい》は、置き引き犯からスーツケースを押収する。中には切断された男性の胸部が——翌日から、都内各所で遺体の一部が次々に発見される。冷凍状態の男性の胸部と足、白骨化した女性の手首、付着していた第三者の血痕……被害者は一体誰なのか？　遺体発見のたびに複雑化する事件を、青年刑事・平野《ひらの》と恵平が追う！　過去と現代の猟奇犯罪が重なり合う、シリーズ第３弾。

角川ホラー文庫

ISBN 978-4-04-108755-8

TURN
東京駅おもてうら交番・堀北恵平

内藤 了

妊娠した中学生を飲み込む震撼のシステム！

生活安全課研修中の新人女性警察官・恵平《けっぺい》は、見回り活動中に女子中学生たちと出会う。急な生理で動けなくなった少女を助け、役に立てたと喜ぶ恵平。しかし数時間後、少女が出血多量で死亡して……。中学生の間に根を張り、妊娠をなかったことにする闇深いシステムとは？　一方、「うら交番」の情報を集める青年刑事・平野《ひらの》は、交番を訪ねた警察関係者が全員１年以内に死んでいると気づく。死の災いが恵平を襲うシリーズ第４弾。

角川ホラー文庫

ISBN 978-4-04-108756-5

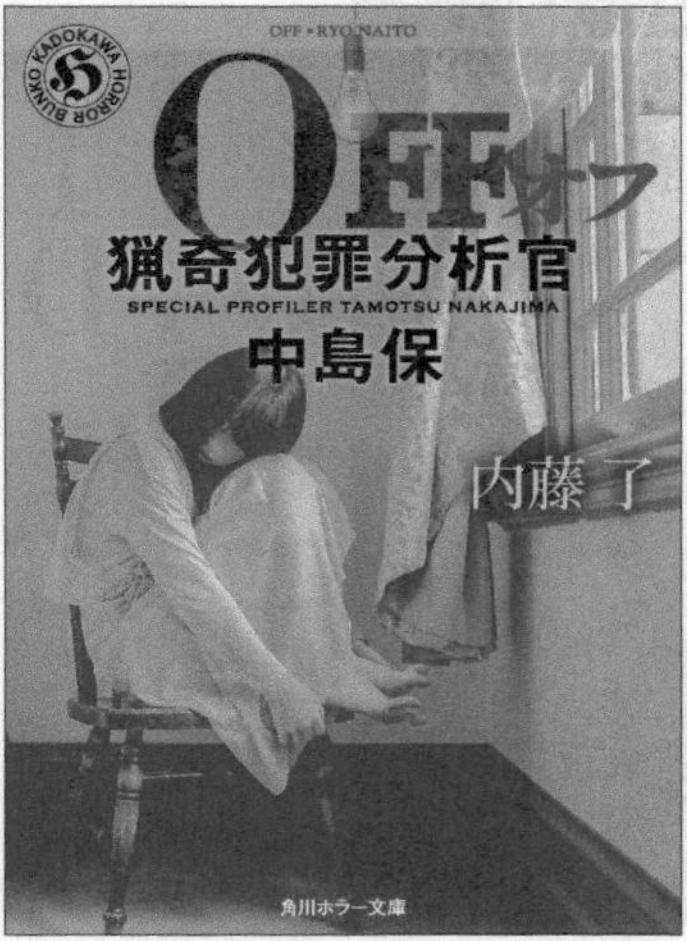

OFF
猟奇犯罪分析官・中島保

内藤 了

『ON』事件の真実が明かされる！

見習いカウンセラーの中島保《なかじまたもつ》は、殺人者の脳に働きかけて犯行を抑制する「スイッチ」の開発を進めていた。殺人への欲望を強制的に痛みへ変換する、そんなSFじみた研究のはずが、実験は成功。野放しになっている犯罪者たちにスイッチを埋め込む保だが、それは想像を超え、犯罪者が自らの肉体を傷つける破滅のスイッチへと化してゆく——。「猟奇犯罪捜査班・藤堂比奈子」シリーズ始まりの事件を保目線で描く約束のスピンオフ長編！

角川ホラー文庫

ISBN 978-4-04-107787-0